JN015055

Friend

Paek Nam-Ryong

友 벗 백남룡

ペク・ナムリョン

和田とも美 訳

小学館

目次

벗

第一章　ある夫婦

1

市[1]の人民裁判所は、山間都市の片隅に位置している。透明な窓はゆったりと広く、淡い褐色の壁は、周りの他の建物の中で目立って艶やかだ。社会の肯定的な面や人々の美しい行いを扱うわけではなく、業務内容は陰鬱だが建物の表情は明るい。前面には丈の低いチョウセンモミノキの公園があり、周囲にはいつも新鮮な空気が流れている。

市内の住民たちの中には、裁判所がどこにあるのか知らない人々も多い。健全な経済と道徳のある生活、社会倫理に沿った生活、睦まじい家庭生活を送る人々は、ここに来ることがないのだ。

チョン・ジヌ判事は今、つらい思いで離婚請求者を眺めていた。人の家庭的不幸はいつも彼の心に、鉛のおもりが絡まった網のように重く錯綜（さくそう）した考えを呼び起こすのだ。

机の向こうには、ほんのりと化粧の香りが漂う三十代の女性がうなだれて座っている。弁護士が出張中のため、数日後であれば離婚相談を受け付けると伝えたが、その女性は立ち去らず、長い時間を裁判所の廊下で足に根が生えたように突っ立っていた。そこでチョン・ジヌ判事は、女性を呼び入れて向き合うことになったのだ。

白い首を涼しげに見せた新しい流行のワンピースを着た女性は泣いていた。線の美しい肩が細かく震えていた。

チョン・ジヌは法律相談書の上にペンを置いて、女性が落ち着くのを待った。

名前　チェ・スニ
年齢　三十三歳
住所　カンアン洞（ドン）　十九番
職業職位

職業の欄から先は、女性が哀しみを抑えきれなかったため書けていない。

しかしチョン・ジヌ判事は、女性の職業をよく知っている。道芸術団[2]の声楽家、メゾソプラノ歌手。数か月に一度は劇場に出入りする彼は、このメゾソプラノ歌手の歌声を好んだ。広い川の流れのような声量と柔らかな感情表現で、観衆を旋律の世界に引き込むすべを知る歌手だった。

鳩の群れが一度に飛び立つような熱烈な拍手と花束を受け取る女性が、観衆のあずかり知らない家庭的私生活を裁判所にもってきた。どういう事情だろう？　夫婦間に、何らかの生理的、肉体的に足りないものでもあるのだろうか？　いや、この女性には息子がいる。チョン・ジヌは時折、この女性がかわいらしい男の子と手をつないで行くのを見た記憶がある。カンアン洞は彼の家から遠くない平屋の住宅街だ。そうするともしや……夫が他の女性を好きになったのではないか……。彼は、恋愛問題ではないことを願った。性格の不一致とか、舅姑との関係の問題かもしれない。もし何らかの大したことのない言い争いで、一時的な憤りに流されて軽率に裁判所を訪れたのであれば、まったくもって幸いなことだ。結婚、家庭を理想的にばかり考えている若い男女は、些細な困難、意見の相違を解きほぐせず、家庭の〝大きな不和〟ととらえて訪ねてくるものだから。

しかしチョン・ジヌ判事は、自分の立場からくる素朴な希望を満たしてくれるような、単なる軽い問題でこの女性が来たのではないことを次第に感じ始めていた。

哀願と決断が表れて濡れた瞳、影のある目もと、化粧の落ちた顔に浮かぶ憂いは、女性の心に日ごろから深い苦悩が積み重なっていたことを物語っている。

しばらくして女性はハンカチを取り出し、顔のあちこちから涙の跡を拭い取った。優雅な手つきで髪を整え、身なりを整えようと苦心していたが、軽くため息をついて申しわけなさそうに顔を上げた。

「私の職業は……」

「知っています。夫の名前を述べてください」

「リ・ソクチュンといって……」

「年齢は？」

「三十五歳です」

「職場は……」

「カンアン機械工場……旋盤工です」

女性の声は泣いたせいか多少震えていたが、澄んだ音色をもつ歌手の声そのままに美しかった。

チョン・ジヌは、法律相談カードに達筆な字で記録して尋ねた。

「お子さんがいますね？」

「息子が……男の子が……うっ」

女性はまた哀しみを抑えきれず泣き始めた。息子の不幸な運命を思って、胸が締めつけられたのだ。

離婚問題で裁判所に訪れる女性たちは、ほとんどが子供について語ることを苦痛に思うということを、チョン・ジヌは判事生活の長い経験から感じていた。別れねばならぬ夫との間の子供について、ある時は苦悩と憤怒と絶望から考えないようにしたり、なるようになれと放り出したりしても、法の前に立ってみると母という強烈な意識が入り込み、子供を誰かが連れて行ってしまうのではないかと怯え、恐れ、子供がかわいそうだと痛感する。子供を離婚の妨げと思わない女性も中にはいて、そうした女性は離婚が切実なあまりに、自分の子孫の運命について安易に発言するものだ。

「息子は何歳ですか？」

チョン・ジヌは優しく尋ねた。

「七歳です」

「学校に通っているんですよね」

「うちの子は、誕生日が遅いほうで……この秋に幼稚園を卒園します」

女性は嗚咽をこらえ、額に落ちかかった髪をかき上げた。声の震えが止まり、少し落ち着きを取り戻したようだった。

「結婚は……いつしましたか？」

「そういうことも……書き込むのでしょうか……」

女性は言うべきかどうか迷うように、顔につらそうな笑みを浮かべた。

「夫婦という法的担保を得た日付ですから、文書に書かねばなりません」

「あの……それは……一九七四年……五月……十日です」

女性はぽつりぽつりと言うと顔を背け、机の隅に視線を向けた。こちらにはわからないながら、思い出の多いであろう、今日の日とは相反する感情が溢れていた過去のその日を、努めて思い出さないようにするようであった。

チョン・ジヌはゆっくりと結婚年月日を記し、女性の肩越しに、壁にかかった暦を眺めた。今日が四月二十四日だから、ひと月足らずでこの女性が結婚してから十年になる。

「それで、スニトンム[3]が、離婚を主張する理由は何ですか？」

「？」

女性は判事の言葉を理解できないというように、しばらく不審そうな表情を見せた。

「なぜ夫と別れようとするのか……言ってみれば離婚の根拠ですよ。この文書では〈離婚請求内容〉と書かれているところです」

チョン・ジヌはペンで文書をつつきながら、穏やかに説明した。

「私は……夫と性格が合いません。もう、何年にもなるんです。我慢して、我慢して……これ以上はこのまま暮らすことはできません」

また哀しみが溢れ出るように女性の唇が細かく震えた。

「どんなふうに性格が合わないのですか？」

「……」

「そのような一般的な理由では、法律を満足させることはできません」

「暮らしていけません。どうしても。私たちが一緒に暮らしたのは間違いだったのです。性格が正反対なんです」

「あなたの夫はどんな性格ですか？」

「石のようにしゃべらないし、感情が無いんです」

「感情が無いのは良くないが、口が重いというのは、それは男としては長所になりますよね」

「男として口が重いだけなら、私も文句は言いません。それでいて些細なことであげ足をとって、汚い悪口を浴びせかけてくるんです」

　女性は感情的になった。鬱憤（うっぷん）は、ピアノ演奏家の手にかかったように、メゾソプラノの音域からソプラノの音域にすんなりと上がった。そして同情心を誘う哀れな絶望に変わっていった。

「判事同志（トンジ）[4]、私を助けてください。私はあの人と愛情無く暮らしてずいぶん経ちました。職場や周囲の人たちの前でも恥ずかしいし……息子が心配で、裁判所に来られませんでした」

　チョン・ジヌは保温瓶の湯をコップに注ぎ、女性の前に置いた。

「スニトンム、もう少し順を追って話してみてください」

「私は……あの人とは生活のリズムがまったく合いません」

「リズムというと?」

「音楽の用語で表現させてください。家庭の不和の雑然とした事柄を、そのまま話すなんてできません」

チョン・ジヌは、タバコの灰のように白いものが交じった髪をかき上げた。

女性はこの時初めて五十の峠を越えたであろう判事の顔をじっと眺め、ごくまじめで謙遜のこもった語調で言った。

「判事同志、考えてみてください。にぎやかなケンガリ[5]の音と静かな笛の音が、和音として合うでしょうか? そんな混成二重奏は、構成できないでしょう?」

「芸術作品ならそうでしょうね」

「生活を離れた芸術というものはありませんでしょう。家庭生活にもそういう不協和音があれば、苦痛ばかりもたらします。夫は私をひどく軽蔑しています。人間的に、です。しまいには服装まで非難するんですよ。私の劇場の同僚が家に訪ねてくると、扉を閉めて自分の部屋から出てこないか、最初から出かけてしまいます。判事同志。そんな人とどうやって……」

チョン・ジヌは女性の言葉を理解できず、問い返した。

「夫が何の落ち度もない妻に、めったにそんなことはしないでしょう。何らかの不満がありそうですが……、それを話してみてください」

女性はまぶたを閉じていたが、怒ったようにワンピースの裾(すそ)を下に引っぱった。

「わかりません……私は夫を尊敬していないわけでもなく……いつも理解して来ました」

「スニトンム、愛情無く生活を共にしながら、その夫のことを尊敬して理解できるものでしょうか？」

　女性は少なからず驚いたようにまぶたを上げて判事を見つめた。美しい目が焦点を失って動揺した。判事の冷静なまなざしと鋭い質問が、女性を慌てさせたようだった。

「私は夫に対する義務には忠実でした。旋盤機を回すことを、あたかも地球を回しているかのように大きな仕事と思っているあの人を従順に支え、五年間もかかった開発のため、何もかも捧げました。あの人が労賃を持って帰らなくとも、家をかえりみなくとも……何もかも我慢して生活しました。でも残ったのは侮辱と虚無感と、苦痛だけです。私がこれからも我慢して暮らすつもりなら、裁判所に来なくてもよかったでしょう……いいえ、いいえ、そんなことはできません！　もうこれ以上耐えられません。私は歌手です。歌を愛して観衆を愛しています。夫とのつらい生活のために……私は理想を……これからの日々を犠牲にすることはできません」

「労賃はどうしてきちんと持って帰らなかったのですか？」

「開発をしながら数え切れない失敗作を出して、工場の財産に損害を与えたんですよ。正直な夫ですから、弁償をしたんです」

　女性は苦々しげに笑った。平然と、そしてどこか軽蔑に近い表情だった。離婚訴訟の本質的な主張が、金銭上の問題にあるかのように話が広がっていくのを否定しようとする身ぶりが、十分に感じとれた。

チョン・ジヌにも、そういう考えは無かった。離婚事件審理の具体性と客観性に則って、事実かどうかを知るためにそう尋ねたのだった。

女性は手で机の角をすり減らそうとするかのように擦った。まつ毛の濃い目は潤んでいて、彼女の確かな決心を表して黒くきらめいていた。

「夫はどうして一緒に来なかったのですか？」

「あの人は裁判所に来ることを恥だと思うのだそうです。家庭の不和を文書に記録するようなところに来ている時間は無いと言います。でも互いに別れることには同意しました」

チョン・ジヌは離婚請求欄に、女性の言葉を要約して記入しておいた。抽象的な、輪郭ばかりの主張だった。

女性は自分の主張が厳粛に書かれた法律相談書をじっと見つめて深く呼吸をした。弦楽器の細い弦が震えているかのような息の音が、唇の間から漏れて出た。しばらくして女性は注意深く尋ねた。

「離婚手続きを、いつごろすることになるでしょうか？」

「離婚というものは、舞台で歌を歌って退場するように、簡単なものではありません。歌手トンムの夫に会って、事情を聞きとり、人民班（じんみんはん）[6]と職場の意見も聞いてみなければなりません。それから……」

「判事同志は私の話を信じられないというのですか？」

「法廷は一人の訴えに対する一般的な信頼に基づくものではなく、事実の客観性と公正性を基礎にして、論拠を立てることになります」

チョン・ジヌは慎重に制した。

女性は残念そうにワンピースの裾をいじっていたが、椅子から身体を起こした。

「判事同志……離婚させてください。どうかお願いです。私がこんなふうに裁判所に来るまでの苦しみを……判事同志は理解がおできにならないでしょう」

離婚請求者たちからよく言われる言葉だった。

チョン・ジヌは文書を伏せて、職業的な寛大さの染みついた優しい表情を浮かべた。

「スニトンム、では落ち着いて帰宅して、待っていてください。その間だけでも、夫と子供の面倒をよく見てやってください。離婚する時は離婚するにしても、道徳は道徳ですから」

女性のまつ毛の長い目には、すでに涙は乾いていた。彼女は品のある挨拶をして、扉のほうに歩いて行った。

扉が音もなく開いて閉まり、女性の足音は廊下を遠ざかって行った。

部屋の中は静寂だ。

晩春の温かい日差しが流れ込んできたが、チョン・ジヌは心地よさを感じられなかった。女性が残して行った家庭問題の薄暗い余韻が、彼の心の中に濃い影を落とした。

　チョン・ジヌ判事は胸の前で腕組みをして、ゆっくりと部屋の中を歩いた。板張りの床が呼吸でもしているかのように、耳に痛い音を立てる。

　その音を飲み込むように、机の上の電話のベルがじりりりと鳴った。

　チョン・ジヌは受話器をとった。

「判事のチョン・ジヌです」

　太く重い声が耳元に響く。

「道の工業技術委員会のチェ・リムです。所長トンムはどこに行きましたか？　部屋の電話に出ないんだが」

「平壌（ピョンヤン）へ出張に出向きました」

　チョン・ジヌはどういうわけか、チェ・リムという名前が耳に慣れたもののようだった。

「すぐ戻りますか？」

「数日では戻らないと思います」

「そうですか……」

　相手は残念そうに言葉尻を長く伸ばす。続けて低いため息が聞こえた。何か事情があるようだ。

　チョン・ジヌは礼儀を示した。

「どういう要件か、お伺いしておきましょう」

「あ……ええ……私は委員長です」

「そうですか」

「他でもない……今日そこに離婚問題が提起されたの、あるでしょう？」

「あります」

「チェ・スニという女が来ましたかね？」

「はい……」

チョン・ジヌは耳を傾けた。

相手は、理解を示す声で彼をいたわってみせた。

「判事トンムにとって頭の痛い事ができましたね」

「大丈夫です。そういう職業ですから」

「それで判事トンムはどうするつもりですか？　離婚させてやるつもりでしょうか？」

口調には質問にとどまらない要求が込められていて、チョン・ジヌは不愉快だった。

「委員長トンムが彼らの家庭にどのような関係があるのか知りませんが、我々の業務に、あまりに興味本位な関心を示しているようです。関心が何らかの要求になるとすれば、それは裁判所の業務に対する干渉になります」

相手は返事をしなかった。

チョン・ジヌは穏やかに言った。

「女性側の話だけ聞いて結論を出すことはできません。事情をよく調べて、公正に事件を解決しようとすれば、おそらく日数がかかるでしょう」

「判事トンム、明日か明後日ぐらいにそちらへ訪ねて行ってもよろしいですか?」

「いつでもお越しください」

チョン・ジヌは受話器を置いた。

漠然とした不安が襲って来た。それは電話線を伝わってきた道工業技術委員会委員長という人間の、目に見えない印象から来るものだった。思惟よりも結論に性急に関心を表すところだとか、職位の威圧感が感じられる穏やかならぬ口調だとか、所長を探すところとか、どれもそういう印象をあわせもっていた。司法上の問題を、職権や知り合いのつてを利用して有利に解決できるという期待をもつ愚かな人々を、時に見て来たチョン・ジヌは、電話をかけて来た役職付きの者が、そんな人間ではないように願った。原則と妥協を、酒のように混ぜ合わせようとする人々が介入してくると、離婚問題それ自体よりも、はるかに大きな負担を判事に背負わせるものだった。

チョン・ジヌは重い足取りで動き、ソファに身体を預けた。目を閉じようとすると、覚えのある名前がまた思い浮かんだ。チェ・リム……良いことで覚えた名前ではないようだ。いつ何の事件で扱った人物なのか。名前が簡潔で区別しやすいからだろうか。ああ、そうだ。チョン・ジヌは思い出した。チェ・リム……電気文化用品工場の販売課長、風采の良い美男子、妻の行いが悪いという理由で離婚訴訟を起こした人間。結局、別れてしまった。チョン・ジヌが離婚判決を下した。それは六年前のことだった。

その日、法廷には人が少なかった。法壇の真ん中にはチョン・ジヌ判事が座り、二人の人民参審員[7]と、検事と書記が座った。傍聴席はがらんとしていた。親戚でなければ、離婚裁判になど興味をもって訪れる人はいなかった。一番前にはチェ・リムが白くふっくらとした顔を上げて座り、法壇に座った人々と、その背後に厳粛に垂れ下がった国旗と国章を悪びれずに眺めている。無表情なその顔からは、絶望や煩悶の痕跡を見つけることはできなかった。チェ・リムのそばでは、彼の妻がうなだれて座り、自身の公民としての生活において残念な変化が訪れるのを待っていた。おそらく彼らは、人生において最後に並んで共に座っているのだろう。

チョン・ジヌは善良な妻の〝行状〟をもって離婚をもっともらしいものにしようとしたチェ・リムに対して憤慨していた。妻が、職場の生産指導員と夕方の帰り道が何度か一緒になったことが、どんな過ちだというのか。家が同じ方向なら、同志として楽しい話や業務上の話をすることもあるだろう。ところが妻のことをあげつらい、問い詰め、そのうえ殴るとは。チョン・ジヌは事件審理において、チェ・リムが提起した離婚訴訟の本質的な根っこがそこに無いことを見抜いた。〝瓶ビールを温めて客をもてなす、あか抜けないやぼったい……〟〝背が低く見劣りがする〟〝社交性も知性もない〟女性と、出世の希望に満ちた工場の役職者が一緒に暮らすことはできないというのが、彼の離婚訴訟の本当の本質的な主張なのだ。こんなブルジョア的思想の残滓（ざんし）、因習、観点の所有者が提起した不当な離婚訴訟は、棄却し、強い統制と闘争を展開しなければならないのだ。妻を殴打したことについては刑事責任の追及まで試みたが、工場で今後相応する対策を立てるということでそのままになった。

　チェ・リムの妻……とても顔を上げて法壇を眺める勇気すらない女性、彼女はその若い夫が都市で大学に通う間、郡の森林管理署で働いていた。熱い日差しに焼かれ、風で肌はひび割れ、雨や雪に濡れながら幼い木々を育てるために険しい山の稜線（りょうせん）を歩いた。毎月受け取る労賃は、自分が使う分を少し取り分けて、きちんと夫に送ってやった。他の女性のように季節ごとに服を買うわけでもなく、化粧もしなかった。山で、林で、谷で働くのだから、自分は外出服が少しあればそれでいい、それ以上は必要ないと考えた。彼女の願いは、夫が大学を卒業して立派な技師になることだった。そうすればどこか工場地区に家を定め、充実した家庭生活を送ることができるのだ。女性はその時を待って、幼い息子と娘を、木々と共に育てた。しかし女性の素朴な夢は数年も続かず、泡のようにはじけて壊れた。彼女が愛して心の中に抱いていた夫は、そういう人ではなかった。夫からは、心を震わせる温かい言葉をかけられることは無かった。村から都市部に来た彼女に、都市生活にふさわしい新しい服の一つも買ってくれることはなかった。彼女は、一度も夫の心の中に、本心の中に入ることができなかった。夫は胸の扉を開いてくれなかった。時に開かれると、空っぽの倉庫のように冷気が漂って来た。夫は自分を妻ではなく、家政婦として、子守りとして見ているようだった。しかし彼女は夫の職位を敬い、事業が忙しいからと理解して自らを慰め、子供たちと愛情を分かち合いながら暮らしていた。

チョン・ジヌ判事はその女性が哀れだった。女性の人権のために、事件を棄却することができなかった。女性が少しでも反対する意思を表明していたら、離婚させなかっただろう。しかし裁判審理段階における女性の訴えは、意外にも強烈だった。彼女は夫の〝愛情〟をもう望んでいなかった。忘れてしまって久しかった。普通の人間として扱ってほしかったが、それも無かった。蔑視（べっし）と侮辱と拘束だけだった。彼女は夫と、これ以上暮らすことはできないと言い添えた。そばかすが浮き出た両頬には、涙がとめどなく流れ落ちた。悲しみの中で、人生を後悔し、総括する涙だった。

嗚咽に震える細い声と、弱々しい意志から湧き出る涙だが、新しい生活と将来に力強く向かって行こうとする姿勢が感じられた。山の中で、手のひらが分厚くなるほど力強く働いてきたその女性は、冷たい霜にあたってしおれた草むらであっても野菊のように咲くことができるのであろう。

チョン・ジヌは法律の力で女性の人格と意思を尊重してやらねばならないと考えた。精神道徳的、人格的側面を拘束する古い思想、因習と観念から女性を保護するのは、我々の法の使命なのだ。

チョン・ジヌは離婚判決を下した。胸が痛んだ。社会という有機体の一つの細胞が破壊されることを考えると、重い自責の念と共に、子供たちのことが、何よりも振り払うことのできない心配ごとだった。裁判の数日前、その姉弟は、チョン・ジヌ判事の部屋に呼び入れられた。姉弟は、チョン・ジヌが並べてやった二つの椅子にあまりにもぴったりと身を寄せて座ったために、一つの椅子は完全に空いていた。女の子は十歳で、男の子は七歳だった。同じ学校に通っていた。チョン・ジヌは、子供たちを苦しめたくないので、できるかぎり簡単に話をした。

「もうお母さんとお父さんが同じ家に暮らさないで、ずっと別れることになるのだけど、君たちはどっちと暮らしたいかな？」

子供の養育は、その子たちの将来をよりよく支えてくれる肉親のほうに決定するのだが、それでも幼い当事者たちの意向を尊重し、汲み取ってやらねばならないのだ。

姉弟は、判事の質問があまりにも酷で運命的であることに驚いて、すぐには答えられなかった。父と母の不和がこんな結果をもたらすとは、とても考えられなかった子供たちだった。しばらくして、女の子が涙をぽろぽろと流しながら口を開いた。

「私は……私は……お母さんと暮らします」

「僕も……お母さんと……お姉さんと離れたくない」

男の子が慌てて答えた。

チョン・ジヌ判事は、あの時の姉弟の声が耳元に聞こえるようで、ふとソファから身体を起こした。もう回想はやめようとしたが、子供たちの姿が目の前から消えない。あの日の法廷の判決では、娘だけ母が育て、息子は父が養育することになった。二人とも母のほうに行けばよかったのだが、女性にとって負担にならざるを得なかった。息子の物質面と、それに関連する将来も考慮しなければならなかった。そうして、姉と弟まで別れた。

それは六年前のことだ。六年という歳月が流れた。チョン・ジヌはその後、彼らの生活をはっきりと知り得なかった。チェ・リムはすぐ他の若い女を妻として迎えたが、女性は再婚せず、娘と暮らしているということだけを知った。今、娘は十六歳で、息子は十三歳になるだろう。同じ都市で暮らしているのに、会うことはほとんど無かった。何年前だったか、偶然道端で会ったが、その女性がそそくさと逃げるので、聞いてみることもできなかった。確かに彼らがどうやって暮らしていようと、再び訴訟が提起されない以上は、判事や裁判所が関心を示すべきことではなかった。幾重にも重なる仕事に追われるうちに、関心をもつこともできなかった。しかしチョン・ジヌ判事はそれまでに自分が関与した一つ一つの事件と人々を、忘れずにいた。事件であると同時に人の運命の問題であったし、判事の公正で力のこもった論理と、憎しみや慈しみの感情を必要とするものであり、したがってその分だけ記憶にはっきりとした痕跡を残すものだった。

チェ・リム……道工業技術委員会の委員長。はたしてあの人物だろうか？　私生活であのような経験をしても、裁判所にまた来るのだろうか？　確かにあの時、チェ・リムが離婚によって役職から降ろされていなければ、恥知らずにも他人の離婚問題のようなことに首を突っ込むことも十分にあるだろうと考えられた。純朴な妻の愛情と義理を裏切るような人間だから、過去の心の傷ぐらいは、簡単に継ぎ合わせてしまうのだろう。

とすれば、彼がチェ・スニの親戚にあたるのか？　いや、同名の他の人間かもしれないではないか。チョン・ジヌは不快な想念から抜け出そうと、部屋の中を歩き回った。板張りの床が、ぎしぎしと鳴った。

1　北朝鮮の地方行政区分の一つ。平安北道（ピョンアンブクト）など9道の他に1直轄市（平壌）と3特別市（開城（ケソン）・羅先（ラソン）・南浦（ナムポ））がある。直轄市または特別市には郡・区域が、道には市・郡が置かれ、さらに都市部では洞に、郡部では里（リ）に細分される。里のうち労働者人口が65％を越えたところは労働者区に昇格し、道または郡の直轄となる。

2　道で運営する歌劇団。専属の団員で構成される。

3　トンムとは、友人や年下の人、同じくらいの地位の人の名前の後につける呼称。

4　目上の人の名前の後につける呼称。

5　朝鮮半島の伝統的な金属製打楽器。小型のドラ。

6　地方行政における最末端の単位で、日本の戦時下の隣組に類する役割をもつ。

7　一般市民から選出され、職業裁判官が共に事実認定、および量刑判断を行う。

2

夕方になって予期せぬ雨が降った。山間地帯のうつろいやすい天気だ。

チョン・ジヌ判事は、事務室に傘を置いていなかった。雨がやむのを待つことはできなかった。カンアン洞(ドン)十九番地はここからかなりの距離があるが、家に帰る途中で立ち寄ることができる。

彼は、葉が茂り始めたスズカケノキの下を小走りで進んだが、しばらくすると額から雨粒が流れ、肩と背中が濡れて来るのを感じた。冷たい雨だった。

小川にかかる大きくはないセメントの橋を渡ると、平屋の住宅街が整然と並んでいる。雨着をまとって塩化ビニール製の長靴をはいた娘が、チョン・ジヌの頭の上に傘を高く差しかけて、親切に道を教えてくれた。

リ・ソクチュンの家は、部屋が二つのこぢんまりした瓦屋根の家だった。

台所の出入り口の脇には六、七歳になる男の子が雨に濡れて震えながら、軒先から流れ落ちる雨水に視線を投げかけていた。その横には男の子と同じように、雨に濡れた雑種犬が、顎(あご)をぼんやりと持ち上げて近づく人を見つめている。毛が雨に濡れてうっとうしいのか、性格が穏やかなのか、吠えることもない。

チョン・ジヌ判事は、庭先に近づいて尋ねた。

「君はこの家の子?」

「おじさんは……どこから来たんですか?」

答えもせずに聞き返すところから、賢い子なのだとすぐにわかった。

子供は雨に濡れた髪が額の上にべったりと張り付き、鳥肌が立って産毛が見えるふっくらとした頬には、えくぼが浮かんでいた。

確かに母親に似ているような大きな目には、純真な好奇心と共に、その年齢には不釣り合いな不安と疑いが漂っていた。和やかではない家庭がもたらす過度な早熟さなのだろうか。

「私はね……」

職業的観察力で子供を観察していたチョン・ジヌは、言葉尻を濁した。無邪気な子供に、争う母親と父親を公正に評価して処理する裁判所があるということを、話すことができなかった。

「私は……君のお父さんの職場から来た」

子供は顔をしかめながら二、三度くしゃみをして、疑わしそうに言った。

「父さんは仕事から帰って来ていないけど……」

男の子は判断力が鋭かった。

「ほう、賢いね……私はね、ちょっと先に出たんだ。君のお父さんはたぶん、旋盤機の掃除をして、鉄の削りくずも片づけてから帰ってくるだろうよ」

男の子は信頼のこもったまなざしでチョン・ジヌを見た。

「おじさんも旋盤やっているんですか？」

「うむ、それと同じような機械を動かしていて……。君は今度の秋になったら幼稚園を卒園して学校に入るんだろう？」

「誕生日が遅いからなんです」

男の子は大人のように、低くため息をついた。

「君の名前は？」

「リ・ホナムです」

「そうか、ホナム君……家に誰もいないのかな？」

男の子はうなずいて、一歩横に動いた。

その時になってチョン・ジヌは、台所の出入り口にかけられた南京錠を見た。

男の子はくしゃみを繰り返した後、咳を始めた。子供の顔色が、急に悪くなった。

チョン・ジヌは急に心配になり、男の子の濡れた額に触れてみた。オンドル[8]を点けた床のように熱かった。

「君、風邪ひいたんだね。服まで濡れてどうしようね……具合悪いだろう？」

それでも男の子は、首を横に振って否定した。

チョン・ジヌは付近の家の様子をうかがったが、まだ仕事から帰っていないのか、南京錠がかかっていた。彼が迷っていると、垣の向こうに先ほど彼に家を教えてくれた住宅街の娘が近づいて来ていた。

「トンムは、家はどこですか？」

チョン・ジヌは垣のそばに行き、近づいて来る娘にためらいながら尋ねた。

「ここからもう少し先です。向こうの川沿いの住宅街に……」

「人民班も違うだろうね」

「はい」

「トンム、一つ頼みがある。この家の親たちが帰って来たら、私が子供を連れて行ったと伝えてもらいたい」

チョン・ジヌはホナムに聞こえないように低い声で、自分が判事であることと家の住所を教えた。ホナムの父親に会って、人民班長とも話をしようと思っていた計画は延期せねばならなかった。

男の子は何度も咳を繰り返していた。

チョン・ジヌは手拭いを出して男の子の濡れた顔と頭を拭いてやった。

「ホナム君、君、私のうちに行って待とう。ここから遠くないから」

男の子はチョン・ジヌが信用できるように見えたのか、素直に手を預け、ついて来た。小さな長靴の中で雨水がぽちゃぽちゃと音を立てた。

チョン・ジヌは子供の長靴を脱がせて雨水を捨て、履かせた。

「おんぶしようか？」

「うん……」

子供はくたびれていたのか、チョン・ジヌの背中に素直におぶさった。

犬が不安そうにしっぽを振りながらついて来た。

「コム、お前は待っていて……おじさん、コムを連れて行けないですか？」

「かわいそうだけど……うちはアパートの三階なんだよ」

「コム、お前は待っていて。すぐ戻って来るから」

犬はクンクンいいながらしっぽを丸めていたが、また台所の出入り口のそばに座り込んだ。

雨脚が少し弱くなって、傘の無い彼らが歩くには実に幸いだった。

子供は七歳にしては重いほうだった。すでに濡れていたチョン・ジヌの背中に、子供の濡れた胸が合わさってぽかぽかしていたが、やがてすぐに熱くなった。子供の体温が高いのだった。

チョン・ジヌは水たまりをばしゃばしゃさせながら、歩みを急がせた。木の枝から雨水がぽとぽとと落ちた。首筋に落ちてくるのが冷たいのか、子供は首をすくめてチョン・ジヌの背中に顔を埋めた。

「ホナム君」

「うん?」

「君は芸術団幼稚園に通っているの?」

「うん」

「どうして家に一人で帰って来るの?」

「僕は……もう大きいから」

「ふうん、芸術団幼稚園は遠いだろう。他の子はお母さんかお父さんと手をつないで帰って来るだろう?」

「僕は……大丈夫……なんだ」

悲しそうで、ぶっきらぼうな答えだ。親の細やかな愛情を求める気持ちが、簡単な答えの中にも表れていた。

「君はお母さんがいい? お父さんのほうがいい?」

チョン・ジヌの首と耳元に、子供の生温かい息がかかる。男の子は彼の首筋に顔を埋めていたが、ようやく静かに心の内を話した。

「二人ともいい」

仲の悪い親の間で、幼年期の明るい感情を抑えつけられながらも、どちらか一方を肯定したり否定したりしない子供の深い考えがいじらしかった。

チョン・ジヌは子供のお尻をゆすり上げた。

雨に降られながらしばらく歩いた。

男の子は黙っておぶわれている。背中の熱さから、熱が上がっているようだった。

チョン・ジヌは、このごろは妻が出張から戻って家にいることが幸いだと思った。今ごろ、農作物研究所から戻って家で夕飯もととのえているだろう。家にいる時は、いつも心を込めて食事を用意する妻だから、この男の子にも何かおいしい御馳走をふるまってやれるだろう。それから妻と一緒に子供を湯に入れてやり、薬も飲ませて暖かいところに寝かせれば、ひきはじめの風邪は治るだろう。それから……リ・ソクチュンに会う必要もあるのだから、工場に電話をかけてみようか。チェ・スニが住宅街の娘に聞いて、先に来るかもしれない……。

チョン・ジヌはアパートの階段口まで来てようやく、ホナムを降ろした。

子供の手を引いて階段を上がり、家の扉の前に立った彼は胸がどきりとした。扉にカギがかかっているのだ。彼は新聞受けからカギを取り出し扉を開けた。

台所からは、夫が家に帰る時に感じる妻の体臭と食べ物の匂いや温かみが混じった、そんな夕刻の香りというものがまったく漂ってこなかった。

ホナムを湯に入れてやり、口に合うような夕飯を食べさせようという計画は崩れて行った。

チョン・ジヌは妻の筆跡で書かれたメモを机の上から取り上げた。

ごめんなさい。私は急いで連壽平（ヨンスドク）[9]に向かいます。バスで行きます。この雨が上がると寒くなって予想しなかった季節外れの霜が降りるそうです。雪が降るかもしれません。試験分場のたくさんの苗たちが心配になって……理解してください。夕飯も用意できませんでした。

チョン・ジヌ判事は、急に腹が立った。これまで〝理解〟して家事をして来たと思っているのか。全身が雨に濡れたために〝理解〟という言葉が余計に気にさわり、憤りをかきたてた。二十年を超える家庭生活で、研究業務にあたる妻の代わりにやむをえず家事を担当してきた日々が、瞬間的に次から次へと思いおこされた。人々の目に大きくとまることもなく少しばかりの成果を上げている研究、高山地帯の農作物栽培……。五十の峠にさしかかってまで妻の研究のために、いつまでこんな生活を我慢しながら送っていかねばならないのだろう。

「おじさんの家でも、お母さんが遅く帰るんですか?」

下足箱の横で、もじもじしながら立っていた男の子が、長い静寂に耐えられずに尋ねた。

チョン・ジヌ判事は、慌てて顔に親切な主人の表情を作った。

「この家のお母さんは出張に行ったんだよ。ああ、小さなお客さん、長靴を脱いだら早く入りなさい」

男の子はためらいながら部屋の中に何歩か入って来たが、清潔な床の上についた汚い足跡を見ると、恥ずかしそうに顔を赤らめた。

チョン・ジヌは、笑顔を見せた。

「大丈夫だ。気にしないで早く濡れた服をまず脱ぎなさい。私と一緒にお湯で洗おう」

濡れた上着を脱いだチョン・ジヌは、男の子が服を脱ぐのを手伝ってやった。子供は下着まで濡れていた。チョン・ジヌは釜の温かい湯を汲んで、男の子を細やかに洗ってやった。一人息子が軍隊に行った後の家には、急なことでホナムに着せる服が無く、暖かいところに座らせて毛布で身体を包んでやった。

風邪薬を飲んで、熱い湯をふうふうと冷ましながら飲んだホナムは、すぐに毛布の中で横になった。

チョン・ジヌが米を火にかけて部屋に戻って来ると、男の子のえくぼの浮かんだ頬と額には汗がじわじわとしみ出ていた。熱はそれ以上にはならなかった。早いうちに治りそうだった。

チョン・ジヌは安心してアパートの下の階にある本屋の事務室に行って、電話をかけた。カンアン機械工場の加工職場長は、リ・ソクチュン旋盤工がまだ退勤していないと言った。チョン・ジヌは自分の家の住所を伝え、子供が来ているからすぐこちらに寄こしてくれと頼んだ。

外では雨が勢いよく降っていた。

チョン・ジヌはアパートの階段をゆっくり上って行った。心が重かった。またしばらく一人で食事を作り、仕事をしながら奥の部屋にある「農作物温室」を管理せねばならない。湿度と温度を測って水をやり、面倒を見てやらねばならない。生育変化を観察日誌に具体的に記録せねばならない。

妻が連壽平や他の場所に出張するたびに、その仕事は、家にいるチョン・ジヌに任せられ、もういつものことになった。それで妻は、メモに「農作物温室」のことを頼みはしなくとも、「ごめんなさい」「理解してください」という言葉の内に含めているのだ。髪に白いものが交ざった今でもそんな頼みをする。

チョン・ジヌは男の子を連れて家に入った時のように腹立たしく、妻に対する理不尽な不満が湧き上がってきたが、どうすることもできなかった。

8 朝鮮半島などで用いられる、床下に熱を通して室内を暖める装置。
9 朝鮮半島北西部の平安北道(ピョンアンブクト)碧潼(ピョクトン)郡の地名。
10 党の機関誌や機関新聞、党が刊行する本の配布場所。

3

チョン・ジヌ判事は、家に訪ねて来たリ・ソクチュン旋盤工と向き合って座った。

中背で、顔は純朴に見えるが、彫刻のように表情に迫力がある。目の光は柔らかく実直だ。鉄を扱ってきた分厚く節の太い手が、毛布の中で寝入った子供をなでさする時には細かく震えた。旋盤工は、部屋が揺れんばかりの大きなため息をついた。

「判事同志(トンジ)……離婚することになったら子供はどうなりますか？　法では妻に子供を渡しますよね？」

「法律の条文にそういうものはありません。子供の養育と将来に有利な側が引き取ることになっています」

「では、この子を僕が引き取るようにしてください。お願いです。僕がちゃんと育てます」

「家庭をしっかりと営めない父親に、ですか？」

「……それは事実でしょう。言いわけできません。でも子供だけはきちんとします」

「ソクチュントンム、子供のことだからと興奮しないでください。ここは法廷ではありません。

心を落ち着けて話してみてください。生活のリズムが合わないとはどういうことなのか……できれば妻を愛していた頃のことから、話してみてください」

リ・ソクチュンは「生活のリズム」という言葉が、妻の口から出たものと感じとったのか、苦笑いを浮かべた。彼はチョン・ジヌが勧めるタバコにぎこちなく火を点け、寝入った子供をじっと眺めた。実直で柔らかい目に、追憶の深い影が差した。

「僕が一番初めにあの人に会ったのは……楚山(チョサン)郡[11]の鉄製日用品工場に出向作業に行った時です。十年前のことですね。僕たちは三人でした。僕と組立工二人で。その鉄製日用品工場に、僕たちはカンアン機械工場で作った旋盤機とフライス、シリンダー錬磨盤を設置してやり、可能なら運転工たちの技能養成までしてやって帰って来るようにと指示されました」

鉄製日用品工場の会館では、分期生産の総和[12]を月末に行った後、その期間に目立った成果を上げた「革新者」たちをねぎらう集まりがあった。

カンアン機械工場から来たお客であるソクチュンは他の二名の組立工たちと一緒に、舞台に呼び上げられた。鉄製日用品工場の素朴な人々は、この工場の仕事を誠意をもって助けてくれるソクチュンたちを、工場生産の革新者たちよりまずねぎらってくれようというのだった。

ソクチュンは、顔をタカキビ餅(もち)のように赤くして戸惑い、拍手の音が高まる客席を見下ろした。自分がして来た平凡な仕事に対して見返りと名誉を求めたことがなかった彼の心は、急に不安にもなり、うれしくもあった。動揺する彼の心は、正直で誠実な本来の居場所を離れて、どこかふわりと飛んで行ってしまいそうだった。足は板張りの床に着いていないようだった。

客席の間から花束を持った三人の娘が、舞台のほうに上がって来ようとしていた。

一番前を歩く、ほっそりとして額の美しい娘は摩擦プレス工のチェ・スニだった。娘の身体を霞のように包んだモスリンのチマとチョゴリは、美しい顔と身体に、見とれるほど似合っていた。その娘が持った花束は、まるで彼女の胸元から咲き出たかのようだった。

スニを認めた瞬間から、ソクチュンの浮かれていた心は静まり緊張した。何か罪でも犯したかのように胸が脈打ち始めた。

(何てことだ、よりによってあの娘が花束を持って来るなんて)

彼はスニのほうを見ないように努力した。

スニとはそれほど親しくしていたわけではなかったが、このひと月ほどの間、ソクチュンの心の中に次第に深く住みついていた娘だった。遠距離バスに乗って、最初にこの山村に降り立った時、ソクチュンたちは道で偶然に出会ったスニの案内で、工場を探しあてることになった。村内の道はそれほど広くも複雑でもなかったので、教えてくれれば行けるようなところだったが、娘は工場を代表して迎えに来てくれたかのように、親切に接してくれた。そこで工場支配人が、施設管理者でもないスニに、ソクチュンたちを工場での生活に馴染(なじ)めるよう手伝ってやれとまで頼んだのだ。その日の夜、ソクチュンは宿舎の寝台に横たわり、見知らぬ場所に来たという感じを少しも受けげず、自分の家であるかのようにぐっすりと眠った。朝、窓から日の光が差してくる頃、目を覚ましたソクチュンは、まず昨日出会った娘のことを考えた。なぜその娘が頭に浮かんだのかわからなかった。よその土地で出会った最初の人だったからなのか、でなければ娘の滑らかな声と優しそうな目、曇りの無い心のこもったほほ笑みと礼節ある闊達な身のこなしと行動が、彼の若い胸に消すことのできない印象を残したのか。野の花のように飾り気がなく、見るほどに美しい容貌に惚れたのだろうか。起きて窓を開けると暖かい日の光と新鮮な空気が彼を包み込んだ。どこか遠くないところから谷水の流れる音が、軽音楽のように聞こえる。心がわけもなく浮き立ってうれしかった。自然の清らかさと共に、生活に対する信頼、希望が胸いっぱいに感じられた。ソクチュンには自分のこういう新しい感情と熱情が、その娘のおかげで湧き上がってきたように思えたのだった。

工場に出たソクチュンは、摩擦プレスの横で作業の準備をしているスニを見た。

濃い褐色の作業服をきちんと着たスニは、彼に「よくお休みになれましたか?」と優しく挨拶をした。昨日と変わりないほほ笑み、声、表情だった。ソクチュンはぶらぶらとプレス機の横をうろつきながら、素材を作業台の上に載せてやったり、スニに生産設備の性能を聞いたりした。周りの人々にはちょっと妙な青年に見え、娘に関心があってああしているんだと評判にもなった。ソクチュンのこういう行動は毎日続いた。工場から持って来た設備を組み立てて設置する合間にも、視線は何度も摩擦プレスがある方向に向けられるのだった。

彼は数十台の生産設備の騒音の中からもスニが回す摩擦プレスの音を聞き分け、その音の振動周期を聞きながら、スニが緊張して作業しているということを思いやり、額にしみ出る汗の粒まで連想してみるのだった。

ひと月という日数は風のように過ぎてしまった。ソクチュンは焦りを感じた。彼はどうやってスニに自分の気持ちを打ち明けようか悩んだ。そしてふいに手紙を書こうと思いついた。ソクチュンは宿舎の部屋に寝そべり、頭を抱えて悩みながら手紙を書いた。書いては消し、また破り、また書いた。彼は夜が更けるまでに何枚か書いたが、満足のいく手紙をまったく書けなかった。前後のつじつまが合わない文章になってしまったり、彼女に対する度を超えた欲求が透けて見えたり、まじめな愛情がどこかに行ってしまい、どこかの小説の登場人物が書いたような恋文になったりもした。彼はスニに手紙を書きながらも、自分が恋文を書いているとは考えなかった。そんなものは男らしくない感情的なふるまいだと思った。ところが夜通し書いたものが、結局は恋文の範疇(はんちゅう)から抜け出せていないことがわかると、腹が立って放り出してしまった。次の日、彼は隣室にいるスニの作業班の修理工に、恥ずかしいと思いながらも頼んだ。スニにちょっと話があるから、夕方遅く、川辺のドロノキのところに来てくれと。

その日の夜は曇りだった。月は最初から見えておらず、星が黒い雲の間からちらちらしていたが、それすら姿を隠した。雲が低く垂れこめ、暗闇は次第に深まっていった。大気は息が詰まるほど重く、わずかな風すら吹かなかった。ソクチュンは川辺のドロノキにもたれて立っていたが、もう一時間近くが過ぎた。スニは現れなかった。川辺から遠くないところにあるスニの住んでいる木造アパートからは、電灯の明かりがまぶしく流れ出ていた。その明かりがこの川辺までわずかに届き、土手道や木々や岩の薄暗い形を描き出していた。何人かの男女が通り過ぎただけで、スニの姿は現れなかった。雨粒が落ち始めた。大粒の雨は、木の葉の間でぽつぽつと音を立てた。スニの姿は現れなかった。ソクチュンは焦りを感じ始めた。それから焦りが孤独に変わった。いろいろな考えがめぐった。夜になって川辺に出て来られないのではないか？　いや、俺のことなんて何とも思っていないのかもしれない……ソクチュンは摩擦プレスのそばで会う時や、素材を運ぶ時にいつも自分に心を込めて優しく接してくれていたスニの姿を思い浮かべると、なぜか侮辱感のようなものが湧き上がった。

　雨が次第に強くなってきた。彼はドロノキの下に身体をぴたりとつけていたが、もう木の葉がすっかり濡れて、雨を避けられなかった。雨までも木の枝の下に隠れた彼を探し出して濡らし、侮辱しようとするかのようだった。彼女のほうは自分を何とも思っていなかったのに、自分一人心をこがし愚かにも夜の時間を焦燥の中で送る。そんな彼の熱くなった胸を冷やし洗い流して、正気を取り戻させようとするかのように降り注ぐのだった。時間が流れた。木造アパートの電灯が一つ二つ消えて行った。罪も無い草をむしり、ぶちぶちとちぎっていたソクチュンは、ぽいと放り投げてドロノキのそばを離れた。雨は彼を容赦なく叩く。川辺の道に生い茂った草が彼の足首にまとわりつき、履物とズボンの裾（すそ）を濡らした。酒にでも酔ったかのようにふらつきながら歩いていた彼は、いたずらっ子が結んでおいた草罠(くさわな)にひっかかってばったりと転んだ。折り目をつけておいたズボンの膝(ひざ)に、泥水がついて両の手のひらも汚れた。彼は草をひとつかみ握って力いっぱいむしり取り、泥のついた手を拭った。手のひらがひりひりと痛んだ。ススキか何かで手が切れたようだった。

突然、道の前方から弾力のある足音が聞こえてくると、向こうのほうでぴたりと止まった。ソクチュンは顔を上げた。川辺の道には傘を持った娘が、遠くアパートから流れ出てくるかすかな明かりを背にして立っていた。彼女のもう一方の手には傘がもう一本、握られていた。ソクチュンは引き寄せられるように近づいた。その女は驚くことも後ずさりすることもなかった。ソクチュンは薄暗い傘の影の下で、チェ・スニの顔を見た。

スニの髪は雨風にやや乱れていたが、まじめでよそよそしい表情と共にいっそう美しく見えた。

「長いこと……待ちましたよね？」

スニの声は申しわけなさで少し震えていた。それを感じつつも、ソクチュンはそっけなく尋ねた。

「出て来るつもりは無かったんでしょう」

「……」

スニは何も言わず、手に持った傘をソクチュンに差し出した。

ソクチュンは受け取ろうともせず、杭のように突っ立っていた。川辺で雨に打たれている自分に同情して傘を持って来たのだろうと考えた。するとこれまでの絶望と呵責と後悔の感情の下に埋もれていた自尊心と憤りが、煙突のように突きあがってきた。同情の対象になるとは！彼は湧き上がる鬱憤をようやく押さえつけ、黙ってスニを避けて通り過ぎた。

「傘を使ってください。服が濡れます」

「僕はもう濡れました。トンムがそのまま使ったらいいでしょう」

いじわるな答え方だった。彼は一人で傘を二本は差せないと考え、苦笑いを浮かべた。そしてスニが傘を持って来たことが同情ではなく、本物の好意なら、自分の言動が侮辱することになってしまうとも考えた。しかし彼は歩みを緩めることもなく、そのままさっさと歩いた。後ろからついて来る足音は聞こえなかった。スニはそのまま立っているようだった。彼は振り返らなかった。振り返りたかったが、くじけそうになる心を急き立てながら、工場の宿舎に向かって歩いた。ざあざあと降る雨、暗闇の中に沈んだ山村の小道、ぬかるんだ道……雨音しか聞こえない夜の山村の静けさは、侘しい虚しさと後悔の念をもたらした。ここにバスで到着した次の日の朝、澄んだ日の光が差し新鮮な大気と青い山川が広がっていた……あれほど愛情の感じられたこの場所が、今は少しも愛着が湧かなかった。ここに出向作業に来たことを、心から後悔した。明日で作業を終えて帰ろう。彼は急に決心して、思いがけずうわついてしまった、軽率で混乱した気持ちにけじめをつけながら歩いた。

そんなふうに心の中で清算した娘が、今、花束を持って舞台に上がって来ている。ソクチュンは顔を背けて平然と立ち、客席を見下ろしていた。しかし心の中では平然とはしていられず、全神経をスニに集中させていた。わけもなく不安で胸が鳴り、何か罪でも犯したかのように、心が落ち着くことなく揺れ動いた。彼はスニという存在を忘れられず、彼女に対する愚かで軽率な感情を反省してきれいに洗い流してしまえないことを知った。はたして何を反省して洗い流してしまうというのか？　霞のようにふんわりと身体を包む朝鮮服を着て花束を持って来るスニを見た瞬間から、彼の胸に波打ったのは何だったのか？　意識的に試みたどんな決心も、彼を操縦することも支配することもできなかった。その決心は今になって泡のように渦の上に浮かんでは壊れた。スニに対するあこがれのような温かい感情が静かに胸の中に波立った。昨夜のことに対する申しわけなさから、彼女に許しを得たかった。

スニが近づいた。三番目に立っているソクチュンにまっすぐに近づいた。

「本当に……お疲れさまでした」

スニは何事も無かったように優しい微笑を浮かべて彼を眺めた。両手で花束を差し出した。傘ではなく花だった。娘そのもののようなさわやかな香りが彼を酔わせた。彼女の心のこもった声と優しい視線の前で、ソクチュンは自分を失ってしまった。

慰労会が終わった後、工場芸術団員たちによる公演があった。素朴で生活に即した演目だった。

スニがアコーディオン演奏者と共に舞台に出て来た時、客席にいっぱいになった工場の人々は、熱心な拍手を送った。自分のところの工場歌手を愛する心が、その音に溢れていた。スニは胸に両手を合わせて抒情(じょじょう)豊かな声で歌を歌った。スニからは、メゾソプラノ歌手としての天性の深い才能が見てとれた。

ソクチュンは突然、自分がスニの相手にならないことがわかった。あれほど美しい女性が、洗練されていない自分を愛するわけがない。無駄な恋心に悩んだという思いが、胸を痛ませた。彼は、昨夜雨の降る中を宿舎に向かって歩きながら冷静に決心した考えが正しく、そのまま行動しなければならないことを自覚した。同じ湖の水で泳ぎ遊んだとしても、カモはいくら望んでも白鳥の伴侶になれないのだった。彼は結局歌を最後まで聞けず、椅子から立ち上がると、腰をかがめながら客席の間を抜けた。

月の明るい夜だった。彼は会館の前の広い空地を通り過ぎ、小さな公園へと歩いて行った。木々が繁っていて、月の光が遮られて暗かった。ソクチュンは石の椅子に座り込んだ。昼の間に温まった石の椅子は冷めきっておらず、かまどのようにぽかぽかと温かかった。彼は生きる意欲を失った人間のように、力なくぼんやりと座っていた。自分に対するわけもない鬱憤が押し寄せた。何のために自分には手の届かない女性に恋心を抱いてこんなに悩んでいるのか。彼は昨夜のように、恋心の落とし穴から抜け出せるような有益で論理的な思考をめぐらせたくもなかった。頭の中で行き場を失った混乱した感情が恋であって、それがとにもかくにも敗れたのだと彼は理解し、力を失った。自分には自分の感情を統制する意志も決断力もないようだった。彼はこの工場でまだ完了していない仕事を、他の二人の組立工たちで終えるよう頼んで、自分は明日立ち去ろうと考えた。立ち去ってしまえばそれまでなのだ。元の愛着のある自分の工場、作業班の人々の中で生活すれば娘も恋も、失望も悩みもすっかり忘れられる。身体に染みついた旋盤作業、鉄の匂い、いま削り上げたばかりの熱い部品……作業班の人々の冗談、健全な労働生活だけが彼の心を躍動させ、全身に活力と創造的欲望を呼び起こすだろう。突然に、離れて来た愛着のある都市、工場、職場、人々が恋しく思えた。

会館の出入り口が勢いよく開かれる音がして、人々が溢れ出て来た。笑い声、大きな話し声、咳き込む音、誰かを探す声、子供たちを探して心配そうに呼ぶ声。区別のはっきりとしない活気に満ちた騒音が空中に広がった。自分のところの工場芸術団員たちの素朴な公演に満足した人々の気分が、その混ざり合った騒音に込められているようだった。人々は会館の前の空地を通り過ぎ、小公園の横道にそれぞれ分かれて家に向かう。懐中電灯の明かりや、タバコの明かりがあちこちでちらちらする。ある若者が娘を驚かす声が聞こえ、続いて笑い声が夜の霞のように暗闇の中に散る。次第に辺りは静かになる。

空地のほうから足音が石の椅子のほうへ近づいて来る。居眠りしていて遅れて出て来た人なのか。なぜ小道のほうに行かず、こちらへ来るのか。何かためらうように注意深く近づいて来る。そしてすぐ近いところに立ち止まる。しばらくの沈黙……静寂の末に、女の低い呼び声が聞こえる。

「ソクチュントンム……」

スニの温かい声を聞いた瞬間、ソクチュンは電流にでも触れたように身を震わせ、飛び上がるように石の椅子から立ち上がった。月の光が映ったソクチュンの目は、燃えるように光った。彼は突然に、人生のすべてを新しいものにしたいという希望と興奮を抱いて、スニと向かい合った。視線による会話が交錯する瞬間……言葉より目がより多くのことをもの語り、もの語れない感情は目が表現する。ソクチュンは何か切実な衝動で立ち上がったのだが、自分自身の気持ちを、またスニの気持ちをどう理解していいのかわからなかった。ただ彼は、これまで悩んで決心したこと、また苦痛を感じていたことを忘れてしまい、どうしたわけか、そのすべての根源であった娘を再び心の中に受け入れたいのだった。

「どうしてここに座っていらっしゃるの？」

「……」

「私はソクチュントンムが途中で出て行くのを見ました」

歌を歌いながらも、自分が出て行くのを見ていたのか。それに小公園の片隅の木の陰にいる自分を探し出してくれた。彼はスニの関心を熱く感じた。それは単純な同情や人情ではない。それでも彼は彼女の自分への関心には、はたして何があるのだろうという疑いを払い落とすことができなかった。愛情や誠などではない、一種の礼儀や好奇心ではないのか。

「一緒に帰りませんか？」

スニは低い声で尋ねた。

ソクチュンは答える代わりに歩き始めた。

公園の小道を何も言わず歩いた。この辺りの夜道は静寂だった。暑い夜風が吹いた。柔らかい枝が軽く揺らぐシダレヤナギの間には、ミカンのような形をした街路灯が、ところどころに点いていた。

「どうやって僕を探し出したんですか？」

ソクチュンは興奮を抑えてわざとぶっきらぼうに尋ねた。彼は揺れ動く気持ちを表に出さず、できるかぎり平然とした表情を作りたかったし、自尊心と人間的な落ち着きを失いたくなかった。

スニはソクチュンの顔から心の内を読み取ろうとするように、ためらいなく覗き込んだ。月の光の中で、娘の目はこれまでになく輝いていた。

「ただ……会いたかったんです。だから探したんです」

ひとしきり沈黙が流れた。頭の上の街路灯から昆虫が飛ぶ音がブンブンと聞こえる。

「昨日の夜は……軽薄な私の行動を許してください」

「私のほうこそ。でもそれを話題にする必要があるでしょうか？」

ソクチュンはスニのこういう思いやりのある様子が、とても気に入った。女性だからというより、柔らかく、豊かな感情の歌に接しているようだった。

「私は明日か明後日、生産設備の設置が終わったら……帰ろうと思います」

「どうしてですか」

「ただ……ここにいるのはつらいので……。それにもっといたところですることも無いし」

「うちの工場の人たちに、技能も学ばせてくれると言ったんでしょう?」

スニは驚いたように歩みを止めた。

「最初の計画ではそうでした」

「ではそうすべきでしょう。大きな工場が小さな地方工場を助けてくれるのは義務ではありませんか。この地方が気に入らないとしても、です。ソクチュントンム、私にも旋盤技能を学ばせてくれませんか?」

ソクチュンはいっそう驚いた目でスニを眺めた。

「スニトンムはプレス技巧工じゃないですか」

「プレスは反復する運転ばかりで……単調なんです」

ソクチュンは居残る口実ができたことが内心ではうれしかったが、その気配を見せないようにした。

「スニトンムは…歌が上手ですね」

「まったく……遅すぎる賛辞ですね。さっきは最後まで聞かずに出て行ったのに」

「あれはトンムの歌に感動して出て行ったんですよ」

「うそ……」

スニの打ち解けた、親しみのこもった感情が、月の光のようにソクチュンをふんわりと包んだ。

ソクチュンは歩みを止めて、スニのほうに身体を向けた。スニの肉付きの良い肩が、ソクチュンの胸にぶつかった。彼は寒さを感じてでもいるように、ぶるっと震えた。全身の血がゆっくりと循環を止めるかのようだった。

スニは当惑して半歩ほど後ろに下がった。

ソクチュンは、スニの月の光が映って紅潮して見える頬、輪郭のはっきりした唇、一本一本数えられるようなまつ毛の奥から、恐れているかのように覗いている瞳を見た。曲線美のある肩の下にふっくらとした胸が力強く脈打っているのが感じられた。

瞬間的にソクチュンは自分でもわからない衝動に導かれてワンピースの前裾をいじっているスニの手を引き寄せた。小さくてしっかりして温かい手だった。その手はどこか不安げに慎重に引き寄せられた。

「スニトンム……トンムは……本当に私のことを……」

生温かい息遣いと共に性急なささやきがスニの顔に覆いかぶさった。スニは手を任せたまま、顔を背けた。

「答えてください」

ソクチュンの荒い息遣いは、いっそう速まった。

「やめてください……」

スニは不安そうにささやいた。娘はソクチュンの手から自分の手を引き抜いて、彼の胸を押しやった。ソクチュンは岩のようにぴくりともせず、また聞いた。

「好きなんじゃないのか?」

「まあ……誰かに聞かれますよ」

スニはさっきよりさらに力を込めて押しやった。

「頼むよ。ひと言だけでも」

「明日また会いましょう。それでいいでしょう」

スニは後ずさりした。ソクチュンの切ない心情にはおかまいなく、娘の目は月の光の中で楽しそうに笑っていた。自分に向かって送られるその幸せそうな微笑が、ソクチュンの心をある程度慰めた。

「僕が家まで送ってあげたらいけませんか?」

「大丈夫です。もうすぐですから」

「……」

「早く行ってください。同じ部屋のトンムたちが待っているでしょう」

スニはぼんやりとした月の光の中を急いで去って行った。

ソクチュンはすぐに工場を立ち去ることができなかった。一緒に来た二人の組立工は先に帰らせ、それから十日以上もスニと他の旋盤工に技能を教えた。

別れの前夜は、五日月が浮かんだ。

彼らは背の低いドロノキの並木のある小石の多い川辺で会った。

月の光に銀白色を帯びた霞が山のほうから徐々に流れてくる。土手のドロノキが息をしているかのように葉を揺らす。川辺の畑の中にまれにある大きな岩が、月の光に照らされて奇妙な形を見せていた。並んで立つ二つの岩は、二人のように、情緒溢れるこの川辺に愛を語り合おうと現れたようだった。

川底を洗い流す山の清流が、夜の静けさに力強い活気をもたらしていた。永遠に疲れることを知らない音響だった。

川の向かい側の山で、ホトトギスが鳴いている。遠い昔にある貧しい母親が、ほったて小屋に身寄りもなく残してきた哀れな幼い子供を忘れられず、死んでホトトギスになって悲しく鳴いている、という伝説、そんな悲しい伝説のある鳥の侘しい鳴き声も、二つの青春には神秘的で好ましく感じられた。

岩に座ったソクチュンは、ギターを抱えて音程を合わせた。

若者というものは、愛する人に良いところを見せたがり、自分の長所や特技をさりげなく自慢したがるものだ。それは愚かなことでも軽率なことでもない。愛の純朴さから生まれる真実の感情だ。

ソクチュンは、この夜、合宿所の同じ部屋の青年からギターを借りて来た。音楽的才能と感受性が豊かなスニの前では、ギターを弾く腕前より旋律を、音響的情緒を大切に考える自分を見せてやりたいのだった。だがギターは彼の心情を理解してくれなかった。指が思いどおりに動かず、音程が外れ、調子外れの音を連発するのだった。

ソクチュンはしばらくしてため息をついてギターを降ろした。ギターの胴が砂利にあたってこもった音を立てた。

スニは低い声で慰めた。

「川辺は騒音が多いからですよ。ギターは部屋の中で弾いてこそ感情がこもるのです」

ソクチュンはありがたかった。スニのこういう心が本当の愛情だと。露に服を濡らしながら夜道を歩き、額を突き合わせながら旋盤を学ばせてやり、熟した新鮮なりんごの香りを味わうような彼女の香りを感じたその十日間の日々を、どうしたら愛を感じずに送れただろうか。彼も愛しているし、スニも愛していた。彼は深い愛情のこもった、燃えるような目でスニを見つめた。

スニは恥ずかしそうにワンピースのリボンをいじっていた。今夜のスニはいっそうかわいらしく見えた。川の流れはひんやりした水の匂いをふりまきながら、休みなく流れていた。渦に押し出された泡とさざ波は、月の光にきらめいていた。大きな魚の鱗(うろこ)のような水の流れは、岸にぶつかると生命のような光彩を消し、ただ黙々と流れてゆく。その後ろにはまた絶えることのない金色の水の塊が押し寄せてくるのだった。

「スニトンム……川の流れが息をしているようだ。水音は数千種もの感情の声のようだ」

「私はとても幼い頃から、この川の冷たい水に小さな手を浸していた頃から、あの水音が大好きなのです」

「ギターで川の流れの音を奏でられたら……あの豊かな旋律そのままに」

「奏でてみてください。できそうですよ」

「いや、僕はだめだ。ギターを弾く才能が無いから」

ソクチュンはじっと川の流れを眺めた。

「だけど……僕には音楽に劣らない生活があるんだ」

ソクチュンは自ら確信したように顔を上げ、言葉をつないだ。

「旋盤工としての生活……ここに僕の生きがいがあり、あの水音のように変わらない旋律があるんだ。トンムも……それを信じてくれるだろう？」

「信じます……」

「スニ……トンムは僕と共にそういう生活の道を歩みますか？」

「はい……歩みます……」

スニは静かにうなずいた。前もって胸の中に抱いていたような、慎重な答えだった。

ソクチュンは幸せに酔って立ち上がった。

「ありがとう！」

彼はスニの両肩をしっかりつかみ、顔を覗き込む。五日月は娘の目を明るく照らしてはくれないようだった。しかしソクチュンは、この前の夜のように恐れなかった。その目は、暗闇の中で天のはるかかなたの星のように、愛と将来に対する声なき約束を伝えるかのように柔らかく光っていた。


「その後、ふた月ぐらいして私たちは結婚をしました」

リ・ソクチュン旋盤工はタバコを吸ったが、もうだいぶ前に火は消えていた。

チョン・ジヌ判事はマッチを擦ってやった。愛情が芽吹いた人生の春から始まったソクチュンの話は、長かったが興味深く、緊要な点があった。チョン・ジヌは、確かにそれは法律相談カードにも離婚訴訟状にも書かれない遠い過去のことであっても、夫婦の現在の生活、感情、行動、見解と共に家庭問題を把握して解決するための、一つの要因となると見ていた。

リ・ソクチュン旋盤工は、つらいので余計にタバコを吸うのだろう。タバコの吸い口で指先が熱くなるぐらい燃やしてから、灰皿に擦り消した。

「結婚生活は他の人たちのように幸せに流れて行きました」

ソクチュンの生活は、波のように浮き沈みした。家を定めて妻を呼びよせた。妻に対して感じる誇りは、特に大きかった。スニを旋盤工として加工工場に就職させたが、従業員が数千人もいるカンアン機械工場でも、ソクチュンの妻の噂があちこちに広がった。

スニは工場芸術団[13]に組み入れられた。彼女が練習と公演を終えて、職場に帰って夜間交代で旋盤を回すとなると、作業班の旋盤工たちは、疲れているだろうからもうやめたらと声をかけた。うちの工場の自慢だから仕事をしないで歌だけ歌っていてもいいよと冗談さえ言った。

月日は生活と共に水のように流れて行った。

新婚生活の最初の二年間が過ぎ、息子が産まれた。

ある日の夕方、家に帰って来た妻は憂鬱そうで口をきかなかった。夫婦は食卓を間にして、静かに匙を動かした。

ソクチュンは妻の暗い心情を感じながらも、すぐには問いただすことはしなかった。新婚生活の経験から、彼は妻が精神的な面でも生活を営む面でも自律心が強い女だということを知っていた。妻は夫につらい思いを打ち明けたり、助けを求めることがまれだった。なぜそうなのか。月日が経つほどに、家庭生活において、言葉の節約と言えるほどに沈黙が多かった。彼は何が妻の性格に変化をもたらしたのか、わからなかった。それでも妻の愛情の外的な表現、毎日のように作業服と下着を洗い、アイロンをかけてズボンの折り目をつけ、ネクタイまで締めてくれる細やかな行動には変化が無かった。もともと、そういう細かな行動を、妻の義務というだけでやって来たのではなかったのだろう。人よりも夫をもっと立派に見せたいという、ひそかな欲求が込められているとも考えられた。

夕食を終えた後、スニは幼いホナムを寝かしつけてから、新しい歌の楽譜を覗き込んでいた。ソクチュンは扉を開けたままで、奥の部屋で机に向かっていた。彼は現場でおおまかに描いた図面を熱心に覗き込んでいた。図面というより手で定規も使わずに描いた機械の絵だった。工場技術部の技師たちも、彼の図面は理解できなかった。図面にあるべき線や断面図、幾何学的な設計原理が無視されていたり、輪郭が無かったりしたが、ソクチュン自身にはわかるのだった。

「あの、ちょっと……」

スニが沈黙を破った。彼女はむき出しになった肩にかかった髪の毛を払い、布団の上でうずくまっていた。

部屋の中に、壁の時計の振り子の音だけが聞こえた。

「言ってごらん」

ソクチュンは図面から目を離した。

「あの……夫婦が二人とも旋盤をするのは、ちょっと変じゃないかと思って」

「誰か何か言うのか？」

「いえ、ただ私の考えです」

ソクチュンは妻の言葉が真摯なもので、長い間考えたことだと感じた。何となく心配になった。

「率直に言ってごらん」

「私は……旋盤を……辞めたいと思って」

「つらいのか？」

「それもあるけど……歌手になりたい」

「あなたは工場芸術団で歌を歌っているじゃないか」

ソクチュンは、言い放っておいて自分が失言したことがわかった。妻は専門歌手になりたがっているのだ。ソクチュンはこの日の夜、長い間眠れなかった。不安でもあり、妻が不憫でもあった。男たちと共に、黙って旋盤の交代作業をする妻を、いったいどれほど心配し、案じてやっただろうか。妻の志向を考えたりしただろうか。ただ工場芸術団で歌のうまい妻に対する誇りばかり感じて暮らしていたのではないか。歌手、芸術劇場、立派な職業だ……だが望みを抱いたからといってすべてが実現されるわけではないだろう……。

意外にもソクチュンは、妻の職業問題をそれ以上心配しなくともよくなった。工場では旋盤工チェ・スニの音楽の才能を惜しんで、道の芸術団に推薦してくれたのだ。

ソクチュンは心からうれしかった。妻が道の芸術団の歌手になることの誇りと喜びも大きかったが、それよりは新婚生活の最初の年のように、愛情と喜びに溢れる家庭を取り戻すことができそうに感じた。

スニは芸術団に入ってから、感情が豊かになり、顔にいつも微笑を浮かべていた。劇場から家に帰って来ると、以前なら言わなかったような出来事も進んで話題にしたりした。

スニの才能は開花するのが早かった。歌手としての先天的な才能と大きな抱負、志向からくる粘り強い努力が彼女を成功させた。一年も経たずに、山間都市の住民たちの人気を集めるメゾソプラノ歌手になった。

ソクチュンは工場から帰ると子供を託児所に迎えに行き、夕飯の支度をして、公演を終えて遅く帰る妻を待っていた。妻は最初はとても喜んでありがたがっていたが、それが次第に慣習的になり、何の感動も感じなくなり、当然のことと思っているようだった。生活は一回りして、また元の位置に戻った。

ソクチュンは以前と同じように妻に表れ始めた沈黙と、人を見下すような性格の変化を、不安な思いで受け止めた。それは夫に対する理不尽な不満からくるもののようでもあったし、一種の虚しさからくるもののようでもあった。家庭生活は妻の私生活を充足させてはいないようで、妻は自分の精神領域の一部として、ただ家庭に身を置いているように見えた。

ソクチュンは新婚生活の愛情を取り戻したいと願い、家事をこまごまと手伝い、世帯主としての義務に忠実であろうとした。

その日もソクチュンは家事を着実にこなしてから、幼い子供をあやしていた。

家の中に入って来た妻は、沈んだ様子で目の光は冷たく、子供に関わる会話がなかったら、氷のような冷え冷えとした雰囲気だった。妻は用意された食事をちらりと見ると、うんざりした様子で言った。

「私はこんなことをしてもらうのがうれしくないの」

「疲れているだろうから……。僕が手伝うのが嫌だというのか?」

ソクチュンは顔をしかめた。

「あなた。私はあなたに夕方の台所仕事に気を回してほしくないんです。私がすべきことなんだから、疲れていても私がする。夕飯がちょっと遅くなったからどうだっていうの。あなたは……夕方の時間を雑事に使ってしまわないで、勉強してください。勉強を……」

「またその話か?」

「そう言わないで工場大学[14]にでも通ってください」

「肩書なんかもらうために、五年間も毎晩苦労するのか」

「肩書じゃない。人格と知識です。あなたが何年も取り組んでいる機械開発のことでも助けになるでしょう」

「僕に進展がなくて足踏みしているからといって、ばかにしないでくれ。夫が旋盤の高級技能工なのをあなたは知らないのか？　技能工として登録されれば十分だろう。大学の卒業証書がどうしても必要なものではない。工場に出て旋盤を回して、じっくり機械を開発して、社会のために平凡に暮らすこの生活が僕はいいんだ」

「あなたが旋盤技能の仕事を続けることは、結婚する時にも私に話していたから」

「そうだろう。あなたも共感したし……なのに今になってあなたは何か変わっていこうとしているんだ」

妻は言葉に詰まったのか、顔を背けてしまった。

二人とも食べ物にやつあたりでもするかのように、夕飯を口にしなかった。

ソクチュンは妻との間に不調和の感情が生じる原因を自分の中に探し出そうとしたが無駄だった。工場で誠実に働いて、家庭生活に忠実で、妻に誠実な自分を否定することはできなかった。胸の中で大切な何かが崩れ落ちたように、空虚で、さらには反発心が湧き上がった。以前から妻に見られた女性としての自尊心と、劇場生活で生じた、どこか純朴ではない虚栄心とでもいえるようなものが、妻を豪華な舞台衣装のように包んでいるように思えた。

ソクチュンは妻の気分に合わせるために、繰り返し自分をかえりみても、自身の立場と行動を修正する必要を感じなかった。妻は妻で暮らせばいいじゃないか。ソクチュンの傷ついた自尊心は、癒えることがなかった。

スニから、夫に対して気を使う行動が、次第に一つ二つと消えていった。毎日のように作業服を洗い、下着の手入れをし、ズボンの折り目を鋭く立ててくれたことが、回数がまれになり、あるものはまったく忘れられた。表面的で慣習的なそれらの事象の水面下で、妻の愛情が冷めていくのを彼は感じた。しかしそういうことをあまり気にしなかった。彼はただ、おおざっぱに生活するほうがよかった。工場で機械を回すのに、舞台に出るようにめかし込んで通う必要があるだろうか。ソクチュンはもう、家に帰って夕飯の支度をしなかった。仕事が終われば、作業班休憩室で将棋（チャンギ）[15]を指すか、開発中の機械をいじっていた。表面上では、生活は依然として元の軌道を回っていくようだった。

ある日、スニは劇場から帰って、ソクチュンの油の染みついた作業服を洗っていた。

奥の部屋で昼間考えていたことを図面に移していたソクチュンは、妻のほうをちらっと見やった。ごわごわした作業服に石鹸をつけ、もみ洗いしながら水音を立てている妻の手つきは、どこか荒っぽかった。ホナムが何やら甘えながら言っても耳を傾けないところから、機嫌が良くないことが感じられた。しばらくして、スニはせっけんの泡がいっぱいについた手を膝の前に垂らして尋ねた。

「あなた……多軸ネジ加工機には、まだだいぶ時間がかかるの？」

「もう少しでできそうだ」

「また同じことを言う。二か月前にもそう言って、去年もそんなことを言っていたでしょう」

「あの時よりは進展の幅が大きいんだ。もうはっきり確信ができたんだ」

「この前は、合金材料を浪費して、今回は電動機を燃やしてしまったんですって？」

「弁償したことを言ってるのか？」

「だって資材課からもう一度検討しましょうと言ってくれたのに、あなたは自分の考えを通したそうね？」

「国家の貴重な資材を無駄にしたら、弁償するのが正しいんだ」

「お金より人格が大事でしょう。私は仕事をまともにできないで弁償ばかりしている人間の妻だと言われるのが恥ずかしい」

侮辱感が電流のようにソクチュンの全身を襲った。彼は辛うじて怒りを抑え、沈黙を守った。このまま、これ以上言い争いが続けば、手が出てしまいそうだった。

一触即発の空気を感じとったのか、スニもしばらく黙っていた。それでも内側から湧いてくる鬱憤をぶちまけずにはいられないようで、スニはたらいの洗濯水を、排水溝にざあっと流して言葉を投げつけた。

「そんなふうに働くんだったら……開発でも旋盤でもみんなやめてしまうほうがいい」

「僕は旋盤技能で働くのが好きなんだ」

ソクチュンは興奮が少し収まって、低い声で応酬した。

「もどかしくてたまらない。大学にも行こうとしないで、開発にも終わりが無いし。去年は工場の役職者に抜擢（ばってき）されるところを承諾しないで……、理解できません。何を考えているのか」

「旋盤工として社会のために服務しようとする僕の生活信条を崩そうとするのはやめてくれ。あなたはそれもわからないで結婚したのか？」

「古い過去と今に何の関係があるの。生活は今日で、今後もあるものでしょう」

「……」

「とにかく、どうにかしないといけない。変化がないと。展望も無くて、単調で息苦しいのにどうやって暮らして行くというの。分別をもって考えて。あなたの生活に変化があってこそ、私たちの家庭生活にも変化が生まれるだろうし、凍ったものも解けるんだから」

「どうしてもそうしてほしいのか？」

「自分が固執して作った枠に家庭を縛り付けていることを理解して」

「だから僕たちは、解決できない矛盾を抱えているんだね」

言い争いは沈黙で終わった。

外側から人が見れば、仲の良さそうな生活にも見えた。夫はやりがいある慌ただしい工場生活、妻は劇場公演生活の連続で、彼らは家庭をしばしでも忘れ、摩擦と神経戦も無く、平穏な日々を送ってもいた。しかし灰の中の火種は、依然として残っていた。


息子の誕生日だった。

ソクチュンが夕方、見習い工の青年と、今は施設整備員をしている、引退した老技能工を連れて帰宅すると、家には妻の劇場から、男性トンム一人と女性トンム二人が来ていた。

妻は台所で料理をしていた。

久しぶりに家の中に笑いと楽しい話題の花が咲いた。すぐに豊かな食卓が用意された。色の良い葡萄酒（ぶどうしゅ）がグラスに注がれ、冷たいビールの泡がコップに溢れた。

誰もが、この家の将来の主人であるホナムがぐんぐん大きくなって国の担い手になることを望んで、盃（さかずき）をかかげた。

老技能工が、ソクチュンにギターを一曲弾くように求めた。

ソクチュンは壁からギターを下ろして、部屋の隅の机の横に座った。ギターを膝の上で恋人のように抱きかかえ、分厚い手で、ゆったりとギターの弦に触れた。決して繊細ではない荒い音だったが、その音色は心を震わせ、心をどこか遠いところに、水が豊かに流れる川辺に導かれるようだった。時に音程が外れさえしなければ、なかなか良い演奏と言えた。

スニは気にくわない目つきで夫を見やり、ぽつりと言い放った。

「やめてくださいよ。古い曲が、今の気分に合いますか？　上手でもないのに……」

「どうしてそんなことを……もう一曲弾いて」

感傷に浸っていた老技能工が、重々しくなだめた。

「このトンムにギターを渡してください。このトンムは芸術団のギター演奏者なんです」

スニは親しげに紹介した。

老技能工は、食卓の向こう側に座っている、髪を整髪料でぴったりとかしつけて、朱色のネクタイをきちんと締めた中年の俳優を見た。老技能工の皺の多い顔に不満の影がちらりとかすめると、年長者らしい寛大な表情で言った。

「君の演奏は今度劇場に行って聞くことにしよう。それでも不満はないだろう？」

「まったくです。こういうところでは主人が弾かなければ」

部屋の中に漂った微妙な雰囲気の間に挟まれたギター演奏者は、ビールのアルコールが回った赤い顔に、きまり悪そうな笑顔を浮かべた。

老技能工は、ソクチュンのほうに顔を向けて元気づけるように言った。

「さあソクチュン、あれを弾いてくれ。何と言ったかな……結婚式に弾いた歌だよ……これはまた、まったく思い出せない、良い歌だったのに……そうだ、ホナムのお母さんは知っているだろう、あの時ソクチュンのギターの伴奏で歌を歌っただろう？」

ソクチュンは心臓が締めつけられるような痛みを感じた。

私が生まれ育った祖国を私は愛する
祖国の青い空と馴染みある山川を

あの日ソクチュンは、酒と幸福に酔って、それでなくとも下手なギターがおぼつかなかったが、スニが上手に歌ったので、その組み合わせが良い雰囲気だった。部屋を埋め尽くした作業班の旋盤工たちが、手も壊れんばかりの拍手をして、アンコールを求めた。そこで何の歌だったか、また歌った。

その歌の旋律が聞こえてくるようだったが、ソクチュンは椅子から立ち上がった。そして妻の冷たい顔を見た。胸がきりきりと痛んだ。結婚式の日にあの歌を歌った時、彼は妻とどれほど仲良く並んでいただろうか。妻はどれほど恥じらって顔を赤らめていたことか。愛情に満ちた目で、武骨で素朴な作業班の旋盤工たちを温かく眺めていたのではなかったか。

ソクチュンはギターを下ろして老技能工の隣に来て座り、かすれた声で勧めた。

「食べましょう」

「いや、大丈夫だ。私はもう十分に食べたから」

部屋の中の楽しかった雰囲気は壊れた。

葡萄酒もビールもあまり減らなかった。

老技能工は部屋の隅に座ってお菓子を食べていた幼い息子を呼んで、自分の膝に座らせた。

「いいものを一つあげようか?」

彼は懐から白くつやつやと光るステンレスで作った小さな自動車を取り出した。前面のナンバープレートには、「リ・ホナム」という名前と生年月日が刻まれていた。ベアリングのついた車輪がつけられていて、運転手まで座っている精巧なものだった。

部屋中の人の視線が集中する中、老技能工は車の後部のゼンマイを何度か巻いてやり、床に置いた。

ステンレスの自動車は、バッタが飛ぶ音のような軽い音を立てて速い速度で部屋の中を疾走した。

喜びを爆発させたホナムは、走って行って自動車をつかもうとしたが、加速力が高い車はいつの間にかすり抜けて、部屋の中の別な方向に逃れた。単純なおもちゃとはいえないほど出来のよい精巧機器だった。

大人たちの笑い声が、部屋の中いっぱいに広がった。

ソクチュンは、目頭が熱くなった。工場でもっとも技能が高い老技能工だが、それを作るのにどれほど苦心しただろうか。おもちゃの車といっても、かつて自分のところの見習い工だった者とその家庭的幸福を、心から祝福する心がこもったものだった。

部屋の中の人々が喜んでいる中、老技能工はすっと立ち上がり、色あせた自分の帽子を深く被った。

スニは当惑して言った。

「もう少しいらしてくだされば……」

「申しわけない……お母さん、ホナムをちゃんと育てるんだよ。我々の工場の旋盤工の跡継ぎなんだから。この子が大きくなれば立派な機械工になるだろう」

老技能工はホナムに近づき、鍋の蓋のような手で握手を求めた。ホナムは、しっかりと右手を差し出した。老技能工は自分の勤労精神、鉄を扱う力強く誠実な心を伝えようとでもするように、子供の小さな手を握って振った。

見送りに出た人々が庭の片隅で立ち止まった時、老技能工は、ソクチュンの肩に手を載せて、黙って覗き込んだ。

「お前、いったいどうなっているんだ？　おい」

老技能工の威厳を込めて叱責するような目の中に、そんな問いが込められていた。

薄明るい闇の中で、ソクチュンは、内心を見透かす老技能工のまなざしの前で、和やかではない家庭の雰囲気が気がかりで立ち去れないまま心配そうに立っている老技能工の前で、うつむいた。

しばらくして老技能工は、ソクチュンの肩を慰めるようにぎゅっと抱きしめてから離れた。

「苦しまないように……夫婦げんかだろう。ナイフで水を切るようなものだ。とにかく、お前の妻はもともとは旋盤工なのだから」

ソクチュンは老技能工を心を込めて見送りながらも、悩み続けた。

旋盤工出身の妻……ホトトギスが鳴いていた遠い山村の夜、月の光を抱いた霞が立ち込め、せせらぎの聞こえる川辺、自分の下手なギターの演奏を、愛情をもって接してくれた愛らしい娘は、もう霞のようにどこかに消えてしまった。

客がみな帰り、ホナムがステンレスの車を抱きしめて寝入った頃。

スニは真っ暗な窓の外を眺めながら、静かに、しかし断言するかのように言った。

「私たちは……やっぱり間違って結ばれたんです。生活のリズムが合いません」

「そうみたいだな。生活のリズム……あなたは音楽の専門家だけに、うまく言い表している」

「何とかしないといけないんです」

「あなたがいいようにしてくれ。僕の考えは聞かなくてもいい。僕は工場の仕事が忙しくてあなたと言い合う暇は無いんだ」

ソクチュンは奥の部屋に入って引き戸を閉めてしまった。

家庭の不和は、次第に周囲に漏れていった。人々の話の種になり、同志たちと組織による忠告が続いたが、傷は癒えなかった。月日が経つにつれて、より腫れあがり、膿んでいった。けれどもソクチュンは、黙々と早朝に出かけ、夜遅く工場から帰った。時には工場で寝ることもあった。言葉にできない苦悩を仕事で覆い隠していた。

そんなふうにして、愛情と、結婚当時に灯した美しい明かりは消えた。

「判事同志、僕自身が家庭問題で正しかったと、弁明するためにお話ししたのではありません。でも……これ以上は妻と暮らせません。僕たちは別れないといけないのでしょう。僕たちは本当に、生活のリズムが合いません」

「それで、多軸ネジ加工機は、成功したんですか？」

「ええ、先月、道の科学技術祝典[16]に出品しました」

「成功したんだね。それを作るのに何年かかりましたか？」

「五年かな……長くかかりました」

「ご苦労なさいましたね。新しい機械を作るということは簡単なことではないでしょう」

チョン・ジヌはタバコに火を点けてくわえた。彼は考えをめぐらせた。長い家庭不和の末に、この夫婦が自分たちで考えだした「生活リズム」という表現が、どこか的中しているようだった。音の長さと志向性が異なり、リズムが合わない生活……どちらが間違っているのか？　裁判所に来ることになった具体的な動機は何か？　機械の開発が成功した後に、不和はいっそう激しくなった。数年間苦労していたことが光を見たのだから、妻の前で体面も保たれたし、理解もしてもらえただろうに……。とすれば、話に出ていない、また別な事情があるのだろうか？

毛布の中で寝入ったホナムが、夢うつつで唇をもぞもぞさせ、えくぼを見せて笑った。旋盤工は、息子の顔に自分の顔を愛情込めてぴたりと寄せて覗き込むと、額に張り付いた前髪をかき上げてやった。

「起こしましょう。熱も下がったようだから、夕飯を食べさせよう」

チョン・ジヌは立ち上がって座卓を出した。

「結構です。家におぶって行きます」

ソクチュンは慌てて言った。

チョン・ジヌは立ち上がろうとするソクチュンの肩をぐっと押して座らせた。

「うちの者が出張に出て、あまり用意はできませんが」

「息子を引き取りに……家庭問題でお伺いした私がとてもそんな……」

ソクチュンは心から申しわけなさそうに立ち上がった。

「判事の家は法廷ではありません。さあ座って。私をがっかりさせないで」

玄関の扉を、注意深く叩く音がした。

チョン・ジヌは行って扉を開けた。

意外にも玄関には、雨にぐっしょりと濡れたチェ・スニが顔色を失って立っていた。胸には小さな包みを抱え、片方の手に握った花模様の傘からは、雨水がぽたぽたと流れた。

「判事同志……うちの子が……」

スニの声は震えていた。大雨の中を抜けて、幼稚園に、劇場に、家に走り回り、ようやく住宅街の娘に出会ってここを訪ねて来たのだ。

「そんなところに立っていないで。さあお入りください」

息子が本当に判事の家にいるという安堵感からか、女の顔に生気が戻った。彼女は外を向いてスカートの裾の雨水を絞ってから、チョン・ジヌの後について中に入った。

「ソクチュントンム、誰が来たか見てごらんなさい。夫人がトンムと息子を探して雨の中をさまよっていたようだ。ああ、これで家族全員が揃いましたね。そうだ、これは私が普通の食事を出していてはいけないな」

チョン・ジヌは急いで壁にかかったエプロンをとって、腰に回し始めた。

だが判事の誠意と友愛が溢れるおどけも冗談も、部屋の中に立ち込めたひんやりとした空気を打ち消すことはできなかった。

ソクチュンは茫然と立っていて、スニは毛布をめくってまだはっきり目の覚めない息子に、包んできた乾いた服を着せ始めた。

まだ眠気の中にいる子供の頭は、あっちこっちにふらふらし、手は袖にきちんと通せなかった。ソクチュンがしゃがんで子供を支えてやろうとすると、スニは細い手で、彼の手を振り払った。

スニが服を着せ終わると、ホナムはすっかり目が覚めた。まごついた視線で母と父を見つめると、チョン・ジヌに顔を向けた。全部思い出したのか、にこっと笑って両目に元気を取り戻した。

彼女が有無をいわさずホナムの肩を引っぱっておぶおうとすると、チョン・ジヌ判事は法廷にいるかのように、厳しく言った。

「スニトンム、ホナムをお放しなさい。夕飯を食べさせてから連れて行くことにしましょう」

母よりも法律のほうが子供を擁護する権利があるかのような、その人間的で鋭い言葉の前に、スニは身体をびくっとさせた。それからくたびれた様子で床に座り込んだ。

チョン・ジヌは食事を並べ、和やかではない家庭の跡継ぎを、真心を込めてもてなした。

ホナムは父と母の顔色をうかがいながらも、具合の悪い自分を雨の中おぶって来た、白髪の見えるおじさんの温かい人情に動かされ、空腹から幼いながらの考え深さも忘れて、匙を動かした。しばらくしてようやく、母の頬に流れる涙と、父のまっすぐな目に浮かぶ涙を見ると、急に気がついたように匙を静かに置いた。

「ありがとうございます」

チェ・スニは立ち上がりながら、息子に代わってなのかまた別の意味からなのか、チョン・ジヌに礼を言った。

スニは子供をおぶおうとしたが、ソクチュンの力強い手に持っていかれてしまった。

ホナムは父母の衝突に慣れているのか、何の意思表示もせず素直に父の背中におぶさった。

生活していく中で、親戚でも友人でもないこういう人の家に来ることになろうとは予想もしなかった彼ら三人は、言葉もなく判事の家を出た。

チョン・ジヌは下の階のおどり場に立ち、彼らを温かく見送った。

向こうのほうから、ホナムが彼に向かって手を振り、ソクチュン旋盤工が何か言っていたが、アパートの排水溝から流れ落ちる強い水音にかき消され、聞こえなかった。

雨脚と暗闇の中に彼らは包まれた。

しかしスニが傘を高く上げて、息子をおぶった夫のほうに傘を差しかける姿ははっきりと見えた。息子を雨に濡らさないようにという心からだろうが、とにかく彼らの家庭は、この雨の中で一本の傘を差して行くのだった。

彼らがすっかり見えなくなる頃になって、チョン・ジヌはチェ・リムという人物について、聞けなかったことに気づいた。


雨どいからは雨水がざあざあと溢れ落ちている。

冷たい風が玄関口に立ちつくすチョン・ジヌの服の裾をめくり上げ、顔にひやりとするほどしぶきを吹きつけた。

チョン・ジヌは沈鬱（ちんうつ）な表情で、雨の降る暗闇をじっと見つめていた。ソクチュン夫婦が残して行ったあの家庭的不幸の雲は、チョン・ジヌの心の中に、冷たい雨を降らしていた。彼らはそのまま一つの傘を差して行くだろうか。それでもこの雨風では服が濡れただろうに。チョン・ジヌは心配と苦悩が重なった暗い気持ちから抜け出すことができなかった。

向かい側のアパートの窓からは、数百の電灯の明かりが漏れて出てくる。日中、離れていた妻と夫たちが待ちのぞんでいたように顔を合わせ、子供たちも集(つど)っているだろう。それぞれの生活と物語と感情を抱いて帰り、明かりの下で広げてみせる。穏やかでつつがなく。

雨どいから落ちる雨水が暗闇の中でトタン板を叩いて耳に痛い音を立てる。冷たいしぶきが顔にかかり、温かい懐に潜りこもうとするかのように服の裾をめくりあげる。空気が次第に冷えてくる。大陸から冷たい空気が流れ込んでくるようだった。

チョン・ジヌは急に妻のことを思い出した。海抜の高い連壽平(ヨンスドク)には、霜ではなく霧雨か雪が降っているかもしれない。明け方には、一度は溶けた地表がまたカチカチに凍るだろう。暖かい服を持っていっただろうか。行かなくてもよかったのに。そこの農場員たちが実験菜園をきちんと面倒見てくれるだろうに。

チョン・ジヌの後ろから人が慎重に近づく気配がした。

彼は振り向いた。

一階の階段には、厚いセーターを着て傘を手に持った女性が佇(たたず)んでいた。二階に住む鳶工の妻で、四十歳を過ぎた中学校の教員だ。女性は夕方になると玄関で、時には遠くまで出て夫を待って迎える。それでもすれ違う時が多い。酒を好む鳶工は立ち飲み屋で、あるいは友人の家で飲んでは、待っている妻のことはおかまいなしにアパートの後ろの小道からふらっと現れたりするのだ。酒を飲んで言いがかりをつけることもなく、しゃべるわけでもなくおとなしく眠るのだが、健康を害するのは計算に入れていない。妻を非常に愛しているし、家庭で大きな声一つ出したことはない。幸せな家庭だが、酒を断てない夫のせいで女性は悩みが尽きない。

女性にはたくさんの心配ごとがあり、すべき仕事も少なくない。学校の授業案や新しい教材の作成、生徒たちの数学の学力測定、担任を受け持つ学級の生徒たちの素行、成績、学力問題……。一日に数多くの問題が女性教員の肩に載せられている。彼女はその重たい荷を背負いながらも、夫と生徒たちを分け隔てなく愛情をもって接する。いや、生徒たちのほうにより愛情をもっているかもしれない。その心は娘の頃と少しも変わらなかった。生徒たちに愛情と青春を丸ごと捧げて、誰かを愛した経験も無かった。彼女には父母の愛情も無かった。朝鮮戦争の時にアメリカ軍の爆撃で父母を失い、乳児院と初等学院で育ったのだ。彼女には「自分」という概念、また、「自分の前途」と「自分の目的」のようなものが無かった。娘は二十歳で教員になると、自分を育ててくれた祖国という母の懐に血と精神を融合して思考することが習慣となった。学級の生徒たちは彼女自身であって、学校は彼女の家であり、生徒たちの未来は彼女の前途であり、そのすべてが祖国だった。毎月の労賃の最後の一銭まで、生徒たちのために、教材のために、病む生徒の健康のために使った。

女性教員は二十八歳になって、人に紹介された鳶工の青年と結婚した。容貌をちらっと見ただけで、どんな男性なのか、性格はどうなのか、は深く考えなかった。結婚後にも教員生活を続けられるよう助けてくれるというその青年のありがたいひと言で、運命を託したのだった。

そうして最初の夜、鳶工の青年の岩のように硬い胸に抱かれ、わけのわからぬ悲しみに分別の無い少女のように泣いた。父母の無い悲しみなのか、あれほど愛情を捧げた子供たちと教壇生活を失ってしまうのではないかという恐れからなのか、過度な幸せが過去の追憶と悲しみを呼び出したのか。彼女は泣いた。彼女の持ち物といえば、小さなトランクと座卓と本だけだった。それでも結婚式の日に、近所の人々と同僚たち、教え子たち、生徒の親たちが持って来た贈物と記念品は、彼女の下宿部屋をいっぱいに満たしてもまだ余るほどだった。少し教えただけの十年前の生徒の親までが、結婚式の日をどうやって知ったのか、訪ねて来た。村でそれほど人々がたくさん集まった結婚式は初めてだった。鳶工の青年は、孤独だと考えていた新婦を取り巻く熱い社会的背景に、戸惑った。その時から、鳶工は妻をいっそう愛し、気を配り、尊敬した。職場から帰っても、妻と生徒たちの楽しそうな話し声が聞こえると、扉を開けずにまたアパートの下に降りてタバコを吸いながら待った。生徒たちが先生と心ゆくまで時間を過ごして帰ってから、ようやく彼は家に入って行った。鳶工は今でも新婚生活の時のように、妻と仲が良い。

チョン・ジヌはアパートの階段から身を避けた。

鳶工の妻はすまなそうにつつましく身をかがめて、チョン・ジヌの脇を通り過ぎる。彼女は傘を広げて叩きつける雨の中に出て行ったが、どこに迎えに行ったらいいのかわからず、ぼんやりと立っていた。

チョン・ジヌ判事は、背を向けてゆっくりと階段を上がって行った。どうしてか足取りが重く、階段が高く見える。上ってみても家には誰もいないという孤独感からくるものだろうと、漠然と感じる。妻に対する思いが不満を込めて押し寄せてくる。妻はこの四月には、二十日間も連壽平に行っていた。家に戻ってから一週間にもならない今日、また連壽平に向かった……。いったいこんな負担の多い「男の一人暮らし」をいつまで続けねばならないのか。霧雨が降る遠い高山地帯に向かった妻に対する愛情と不満が、彼の心中に混乱をもたらし揺さぶった。

二階の階段をほぼ上がりきったところで、下の階の玄関から濡れた足をはたく音と話し声、傘を畳む音が聞こえた。

「雨が降るのにどうして迎えになんか……ちゃんと帰らないとでも思ったのか」

ぶっきらぼうではあっても、深く愛情のしみ込んだ鳶工の声だった。

「どうして遅くなったんですか？」

女性は心配そうな声で聞いた。

「クレーン用の枕木に使う木材を夕方遅くなって積んで来たんだ。みんなが帰ってから時間も経っていたから。一人で運んでいたら腰が動かなくなってね」

「立ち飲み屋を通り過ぎることができなかったんでしょう」

「はあ――。なんか匂いがするか？　俺はもう酒はやめた」

「今日からですか？」

「そうだ」

「そう、十年の持病も良くなりますね」

「すぐ良くなりますよ」

「本当ね？　約束しましょう」

鳶工と女性の声は、次第に小さくなった。

チョン・ジヌが三階の階段を上りきると、声はもっと小さくなった。

「お前……そのなんだ、教材とか作る仕事、無いのか？」

「どうしてですか？」

「手伝おうと思って」

「とんでもない。飲みたいから言うのでしょう」

「ふん、痛いところをつくね」

「あなたの心の中は子供のように単純ですから。教材を作る仕事はありませんよ」

「だめか……。それでもお前、寒くなったから……。あの壁の棚にこの前飲んでいたの少しあっただろう？」

「やめたと言って十分も経っていないのに……」

「一杯だけ……俺は酒とは離婚できない。お前と結婚するずっと前から酒に惚れ込んでいるんだから」

チョン・ジヌ判事は、もしかして息子から手紙が来ていないかと思い、新聞受けを確かめてから扉を開けた。

何やら家の中にひんやりと冷たい空気が立ち込めている。

奥の部屋の「温室」がふいに心配になり、慌てて入ってみると、思ったとおり、換気用の小窓が開いていた。つるが伸び上がったササゲの葉が、吹き込む冷たい風に震えていた。急いで換気用の小窓を閉め、温度計を見ると幸い温度はそれほど下がってはいなかった。新しい改良種の苗が多少心配になったが、いずれにせよまず耐寒性をつけてやらねばならないという、もっともらしい考えで自らを慰めた。

チョン・ジヌは、苗の鉢に水をやり始めた。鉢ごとに、ようやく芽を出したり、指の半分ほどの大きさに育った唐辛子、トマト、白菜、大根、サンチュなどが弱々しく葉を広げている。

ほとんどが妻が自分なりの育種方法で採取した種を植えたものだ。研究所の一部の人たちには賛同を得られていない種だが、妻は自分の子供のように大切にして同じ家の中で生活させた。この野菜の種を、市の周辺農場の実験菜園と研究所の菜園にも植えた。原種の二倍にはなる豊かな収穫を妻は望んでいる。そうすれば野菜畑の面積を減らして、労力も減らして、山間地帯の人々の副食物となる野菜を、より豊かに供給することができるのだという。

しかし育種事業というものは、季節と歳月と風土に依存するだけに、一度の実験が一年かかる。そういう実験を数回、数十回反復する。数千年間積み重ねられた人類の経験と自然の進化によって受け継がれた小さな種を、目的どおりに更新することが、はたして簡単なことなのだろうか。

進展のない研究業務を妻がもうやめてみてはどうか……。家と子供たちの間でまともな幸福と家庭生活を享受しながら成果を得られた科学者というものははたしてどれぐらいいるのだろうか……。

チョン・ジヌは後悔と失望に浸って、妻の仕事が果てしなくつらいことを考えた。

娘の頃の妻を愛していた時、こんな将来を想像しただろうか？

11　朝鮮半島北中部の慈江道（チャガンド）に位置する郡。山脈の支脈がまたがる森林地帯。
12　組織や団体、教育機関で生活態度や職務などに関する自己批判・相互批判を行うこと。
13　工場労働者のうち音楽の才能のある者で構成される歌劇団。
14　工場労働者のための夜間大学。
15　朝鮮半島の伝統的な将棋。
16　労働者の技術力を競う大会。

4

二十年前の秋の日。

チョン・ジヌは、大学の講堂で自分の小論文を発表した。法学部五学年に進級した際に準備した学科論文だった。

「人類婚姻史に関する法律的考察」。学科論文としてはあまりに大きな題目だった。歴史的、生活的資料を土台として十分に使うなら分厚い本になるほどの文章だったが、学科実習論文として性急に執筆したので主題に比して内容が貧弱になった。しかしチョン・ジヌは唯物弁証法の見地から歴史家たちが開拓した婚姻分野の発展史を深く研究してそれを基礎とし、学科論文を書いた。初稿を読んだ寄宿舎の相部屋の友人たちは、学術的に見て十分な価値があるし、大学生の論文としては優秀だと評価した。

チョン・ジヌは、内心で得意になって講演台に進み出た。講堂にはたくさんの学生たちが入っていた。ほとんどが法学部の同級生と下級生たち、そして学究的好奇心をもった最高学年の上級生たちだった。他の学部の学生たちも少なくなかった。校内で論文を発表する時は、題目と発表者と日時が大学生新聞に紹介される。その中でも法学部の学生たちの論文は、専門を問わず聴衆の関心を集めた。

講堂の前方の座席には、法学部の「蜂の針」というあだ名のあるユニが、見知らぬ娘と一緒に座っていた。ユニはチョン・ジヌと同じ都市出身だった。ユニはどこか意地悪そうな微笑を、チョン・ジヌに投げかけていた。学科論文がいったいどれほどの価値があるのか見てやろうという気勢だったし、いくら論理的に上手に書かれていても、自分はどこかはちくりと刺してやるという表情だった。彼女とは違い、横に座った見知らぬ娘はチョン・ジヌに、特別な好奇心と羨望（せんぼう）を帯びた柔らかいまなざしを送っていた。チョン・ジヌはなぜかその娘の温かいまなざしが心の中に入り込むようで、娘を再び見やってから論文の原稿に向かった。

「人類の幼年期に……」

チョン・ジヌは講堂をぐるりと見回して、落ち着いた声音に響き渡るような抑揚をつけた。彼のどこか教授する者のような、よく通る声は論文の世界に一種の神秘性を与え、講堂に響いた。

「人類の幼年期に人々は自分の原始的な居住地であった熱帯と亜熱帯の密林の中で、洞窟の中で群れを成して生活しました。自然の果実と食用植物の採取、力の弱い動物を狩ることが、彼らの主要な生業（なりわい）でした。原始的男女の分業すらまだ生じていなかったこの時期に区分を設けるなら、旧石器時代初期よりもはるかに遡らねばならないでしょう。高等動物から進化して直立歩行を始めた「人間」は、こん棒と石斧のような労働道具と火を発見するまでに数千年をこういう状態で生活しました。

この時期を支配した人類の最初の婚姻形態は群婚でした。猛獣と、計り知れない自然の荒々しさ、不足する食料によって群れを成して暮らさざるを得なかった原始人たちには、精神道徳生活も極度に貧弱でした。動物の本能に近い、食べて生きてゆくこと以外には他の精神的「目的」が無かった彼らには、群婚は自然の「道徳」でした。原始人たちにはこういう婚姻関係を規制するどのような禁止的措置も制限も必要なかったのであり、存在もしませんでした。

この原始群婚は、長い間継続されました。

幼年期を抜け出した人類は、木と石で作った道具、火の使用、魚の食料化、弓矢の発明、牧畜業などによって旧石器時代を迎えました。ひたすらに群れを成して生活していた人間は、最初の氏族共同体を形成することになります。それは母系家長的氏族共同体でした。当時の原始人は、群婚という条件から子供は母だけを知ることができ、母の系統によってのみ血統を問うことができたのです。

世代と血筋の区分なく進行された群婚関係は、原始人たちの貧弱な意識の中でも侮辱と羞恥という感情を次第に発生させました。したがって無秩序な群婚生活は次第にその範囲が狭まりました。そして母系氏族制度の初期には、はるかに進歩した群婚が発生しました。無秩序な婚姻集団が世代別になり、さらに進んで兄弟と姉妹の間の婚姻も排除されるという前進を成し遂げました。母系家長的氏族共同体はおおよそ旧石器時代中期に発生し、末期、新石器時代を経て発展しました。

原始的家庭経済の生産力が発展し人口密度が増大するにつれ、母権社会は精神的発展を成し遂げました。群婚関係は人々の経済的利益との矛盾が増大し、特に女性にとって苦痛なものになりました。女性たちは屈辱的で抑圧的な性関係から抜け出すために、母権時代の自分の経済的影響力、家長の権力を盾にし始めました。そうして女性たちの主張を持ち込んだ氏族協議会の絶えることのない論争、新しい肯定的な決定と古い婚姻伝統、慣習、群婚の快楽を捨てようとしない男たちの執拗(しつよう)さの間で、熾烈(しれつ)な「争い」が長きにわたって繰り広げられました。結局は数千年間続けられてきた群婚の慣習を打破し対偶婚(たいぐうこん)に移行することができました。対偶婚では男性は一人の女性と暮らしますが多妻制は依然として男性の権利として残り、子供はそれまでと変わらず母親に属していました。群婚の残滓(ざんし)を完全に打破しきれていない過渡的婚姻形態ですが、対偶婚は人類史において新しい道徳倫理生活を成し遂げた女性たちの「法律的」勝利と考えるべきでしょう。

対偶婚が単婚、すなわち一夫一妻制に移行するのは新石器時代末期と青銅器時代に入ってようやく成し遂げられました。この時期、社会的分業である牧畜業と農業がさらに発展し農事に灌漑(かんがい)耕作が適用され、本格的な家畜の飼育が始まりました。発展したこの牧畜業と農業は、力の強い男性の専門職業になりました。氏族共同体を営むにあたって支配的地位を占めた男性は対偶婚の世襲を無視し、妻と子供たちを自分のもとに置いて一つの家庭を成して暮らすようになりました。それに基づき、血統計算と相続は父系に従って行うようになりました。男性は自分の財産を相続する明白な血統の子供を必要としたからです」

チョン・ジヌは聴衆が自分の学科論文に耳を傾けているかどうか見たかったたが、なぜかそうする余裕がなかった。彼は少しの間話すのをやめて、ふと顔を上げて客席を見ただけだった。

母系氏族共同体の崩壊と父系氏族共同体の形成、鉄器の発明による生産力の発展、分業、剰余生産品、私的所有、商品生産、交換、搾取、階級の発生……チョン・ジヌは氏族共同体の経済的地盤が崩壊すると共に新しい婚姻関係である単婚に基礎をおく固有の家族が社会経済的単位になる過程を、概括的に語ってみせた。彼は客席に座った少なくない法学部の学生たちとその他の聴衆には、婚姻史に関するこういう概括は多くの面で歴史家たちの理論を踏襲したものなので、それほど興味が湧かないだろうと考えた。しかし法律的な見地から分析した部分については、自分なりの見地があると思った。

「……階級間の対立と衝突の産物である国家は、支配階級の私的所有を揺るぎないものとし、勤労人民を圧迫し搾取するための強制的な手段の一つとして法を作りました。搾取階級の利益を擁護する国家権力の武器である法は、原始社会と氏族社会で維持されていた風習、伝統的な世論、慣習、氏族協議会の決定のようなものとは本質的に異なるものでした。

古代シュメール法典とそれを継承した紀元前十六世紀バビロニア国家のハンムラビ法典……

などには刑事、民事関係と共に婚姻関係を規制する法の条文が明示されています。一夫一妻制の婚姻形態を規定する古代国家の法律は、売淫(ばいいん)と姦通(かんつう)を無くして健全な道徳倫理感を確立するためのものではなく、私的所有を世代を超えて揺るぎないものにしようとする目的から出て来ました。私的所有の蓄積過程は、社会と家族において男性の権力をより強化し、女性を強制的に隷属させると同時に女性の政治的および精神的奴隷化を特徴としていました。

封建社会に立ち戻って婚姻関係は、財産と共に身分、権勢によって強制と屈従の中で進行し、女性の人間的感情、人権を次第に蹂躙(じゅうりん)するほうに発展しました。高麗期の『詳定禮文(サンジョンリエムン)』や李朝期の『經國大典(キョングクテジョン)』のような法典から見ると……」

チョン・ジヌは、演台に置かれた水の入ったコップを持って喉(のど)を潤した。講堂の客席は静かだった。聴衆は論文の学究的深さに引き込まれ、水をゆっくり飲むチョン・ジヌの行動さえも敬意をもって見守っているようだった。

チョン・ジヌは前のほうの席に座っている「蜂の針」を見た。ユニの顔から、いじわるでどこか傲慢(ごうまん)に近い偉そうな態度は跡形も無く消えていた。講演台の方向に身体を向けたユニの顔は驚きでいっぱいだった。多少は勉強のできる気取った青年だとくらいに思っていたのに、その広い知識と探求力はどこから出てきたのだろうと、講演者を見つめている様子だった。しかしユニの隣に座った見知らぬ娘はひどくまじめな表情だった。少し前に初対面で、チョン・ジヌの心の中にふわりと入り込んだ好意と羨望のまなざしは、もう見られなかった。

チョン・ジヌは講演台の鼻先に座った娘たちに妙に気をとられたと思い、原稿をめくった。少し前と同じようによく通る声が響くと、論文の世界にのめり込んで興奮した精神状態が彼を支配した。

チョン・ジヌは、論文の文章以外にはもう何も目に入るものが無かった。白い霞に包まれたようにかすんで見える客席の聴衆は、数千年を流れてきた多難な婚姻の歴史を立証する証拠のようなものだった。絶えず変化発展してきた婚姻形態の、直接的な子孫たちだった。

チョン・ジヌが学科論文発表を終えると、聴衆は彼の労苦が注がれた学術的努力に、心からの拍手を送った。チョン・ジヌはもの慣れた人のように平然と講演台を降りたが、興奮で脈打つ胸を落ち着かせることは難しかった。チョン・ジヌの同級生と上級生たちが近づいて彼に手を差し出し握手を交わした。

聴衆は講堂の出入り口から溢れ出た。

喜びに酔ってのぼせた興奮状態から抜け出せていないチョン・ジヌが客席の前に立っていると、二人の女性が近づいて来た。ユニとその友人だった。ユニはチョン・ジヌに向かってにこにこと笑いかけた。

「学科論文の成果、心からおめでとう」

「不足な点は、遠慮しないで指摘してください」

チョン・ジヌは心を落ち着けて言った。

「指摘するところはありません。私は同級生としてジヌトンムの論文が勉強になったと、率直に言います。でも……そうそう、紹介していなかったですね。私の友人、ハン・ウノクです」

チョン・ジヌはその人と丁寧に目礼を交わした。

ユニが言葉を続けた。

「ウノクトンムは生物学部の通信講座を受講しています。連壽平（ヨンスドク）に家があるんです」

「そう……ですか。遠くから来ましたね。連壽平はこの都市から山間の道を通って百二十キロくらいあるでしょう」

ユニは親切そうに話しかけるチョン・ジヌの顔を、意味ありげに見ながら言った。

「でもウノクトンムはジヌトンムの学科論文に意見があるそうです」

「ああ、そうなんですか？　どうぞ話してください」

チョン・ジヌはひどく好奇心を示した。

ウノクの顔はぱっと赤くなった。彼女はチョン・ジヌをちらりと見ると、遠慮して視線を落とした。

「いいえ……私はべつに意見ありません。ユニトンムが変に……」

「忠告すべきことは、遠慮しないようにと言いましたよね」

「学科論文を……良いものをお書きになりましたね……」

ユニは申しわけなさそうな友人の肘を引っぱった。

「この子はまったく、さっきはぶつぶつ言っていたのに……意見がないんだったら行こう」

「ごめんなさい」

二人の娘は、チョン・ジヌを残して出入り口のほうに歩いて行った。


チョン・ジヌはその日、ウノクという通信講座受講生の娘についてそれ以上は考えなかった。講堂を出てから夜遅くまで学部内の他のトンムの学科論文を読み、討論を繰り広げたのだった。

しかし次の日、意外にも大学の教材植物園でその娘に出会った。

ひんやりした秋の日の明け方だった。

チョン・ジヌは人の気配がほとんど無く、空気の良い植物園の林の中の道を散歩していた。寄宿舎から本を脇に挟んで来てはいたが、明け方の気配に魅せられて、辺りを見上げながらゆっくり歩んでいた。

木々の間にかかっていた霧が次第に散り、青い針葉樹と紅葉した広葉樹の葉の色が鮮明に見え始める。静けさの中で、濃く色づいた木の葉の落ちる音が小鳥のせわしい羽音のようだ。小道にも木の葉が散っている。古くなった木の葉がふかふかの土の中で発酵する香ばしい湿った匂いと、日の光で熟してゆく秋の葉の匂いが混ざり合って香る。頭の上で、眠りから覚めた一羽の鳥が、ばたばたと飛んで行った。何回か鳴いてみせたが、朝早すぎると思ったのかすぐに静かになった。

チョン・ジヌは小道の脇にある古いクヌギの下のベンチに、あの娘が座っているのを見た。ウノクは本を広げて線を引きながら熱心に覗き込んでいた。

瞬間的にチョン・ジヌは昨日の講堂での出来事が一度に思い出され、その娘の学習を妨害することも考えずに急ぎ足で近づいた。

遠慮なく近づく人の気配に驚いた娘は顔を上げた。チョン・ジヌを見ると娘の顔はほんのりと赤くなった。彼女の目にはよそよそしいながらも、温かく迎える気持ちがこもっていた。

「ちょっと座ってもいいですか？」

「どうぞおかけください」

彼女はベンチに落ちていた木の葉を払おうとしたが、チョン・ジヌはそのまま座ってしまった。

二人は教材植物園の林の中で、静けさに耳を傾けながら、すぐに話し始めることを躊躇した。

「昨日……私の学科論文について……やはり意見があるんですよね？　忌憚なく話してもらえませんか？」

「……」

「助言をお願いします」

「生物学部の学生が助言なんてできません」

娘の顔から赤みが消えて、講堂で見た時のあのまじめな表情が浮かんだ。

「とにかく聞きたいです」

チョン・ジヌは、控えめな態度ながらも言い張った。

ウノクは、本を置いてたった今膝の上に落ちた木の葉を拾って、指先でいじった。頭の上からは黄色く色づいた木の葉が絶え間なく落ち、秋になってお腹いっぱいに食べた鳥たちが寝坊でもしたかのようにだるそうに鳴く。赤みを帯びた朝の太陽が混合林に差し込むと、木の枝を押し包んだ薄い霧が恥ずかしげに林のてっぺんへ抜けて行き、青い空に姿を隠す。

「私の父が人民参審員なので……家にある法学系統の本を興味をもって読んでいました。ただ手当たりしだいに読んだので、私が知っているのは断片的な知識で……意見といっても大したものではありません」

ウノクはチョン・ジヌを見つめながらにっこりと笑った。幼い少女のような恥ずかしさと純朴さが、澄んで率直な目に溢れていた。

「それでもとおっしゃるなら……私がトンムの学科論文を聞いて考えたのは……」

娘の声は次第に慎重さを帯びた。

「すばらしいということは、昨日の拍手にすっかり表れていたので、もう言わなくてもいいでしょう。付け加えたいのは、小論文が法学的博識をひけらかすきらびやかな文章ではなく、認識的側面を中心に、飾らない文章で書かれていました。とても勉強になりました。……私の意見では、学科論文の内容としては、法律関係の考察をもう少し深くしたほうがよいのではないかと……」

ウノクは、一般的に婚姻関係を中心にする家族とその歴史的発展の道のりに対する考察は、これまでの世紀の歴史家がだいたいは言及した問題だと言った。だから学科論文としては社会の生産力発展と経済制度の変化に従って婚姻、家族形態が発展してきたことを書くとしても、その土台の上に原始と古代、中世の人たちの精神道徳倫理関係の歴史的発展過程を書いたほうがよかっただろう。論文の各所で言及する姿勢を見せてはいたが、さらりと過ぎてしまった。古くて矛盾がある低俗な道徳倫理関係を捨て去り、新しくかつ高尚な精神道徳関係、婚姻関係を作り上げようとする勤労人民たちの闘争は、生産の発展と生産手段の発展に劣らず、人類婚姻歴史の進歩にも大きな影響を与えたと。

「トンムの論文が婚姻の歴史に関する法律的考察であるだけに、そちらのほうを叙述しなければならなかったのでは……。法律が依存せずにはいられない伝統、風習、慣習は人々の長い生活と情によって作られたもので、人々の不断の精神的努力と闘争によって更新されるのではないでしょうか」

チョン・ジヌは驚いた目で彼女を眺めた。

ウノクの黒い目には、朝の太陽の光がちらちらと差し込む林のように新鮮で温厚な光が満ちていた。秋の林の香りが彼女の全身から漂いでるようだった。

平凡だと思っていた彼女の知識は、美貌と共にチョン・ジヌの気持ちを惹きつけた。

「ウノクトンムの意見に反駁したい考えはあるんですが、それができません。トンムの論理にある新しい指摘が私を興奮させます」

「私の言葉をそんなに深く考えなくていいんです」

「いや、正しいです……よく勉強なさっていますね。心から敬意を表します」

ウノクは控えめな態度で沈黙を守った。

チョン・ジヌは一日中大学図書館の隅の席に座り込み、原稿を書き加えた。

「……人類が達成した高い生産力、経済的進歩は人々の精神道徳的進歩の基礎になり、これは高尚な人間的感情を発展させ、継承させた。原始社会においてたとえ次元が低い形態ではあるが人々には愛情、義務、尊敬、恐れ、羞恥、恐怖、良心、善意……のような道徳倫理的概念が次第に豊かになり始めた。母性愛は人間が高等動物界に属した時から生物進化法則の一形態として存在してきたであろうが、男性たちの子供に対する父親としての具体的感情は、群婚時代にもきちんと形成されなかったとみられる。この時期にはただ自分たちの集団の子孫一般に対する保護的感情が、男性たちにとって支配的であったであろう。しかしそれは集団の生死存亡と関連したものであって、切迫した義務性と死生決断の本能的感情に近い強烈な心理だった。これが父親としての温かい感情と配慮につながる厳粛な感情、父性愛に発展するまでには数千年の長い歳月が流れた。その長い歴史の流れの中で、あらゆる道徳的な思惟、意識、感情が発生し豊かになりはっきりと細分化されて発展することで人間の精神生活を上昇させた。それは婚姻関係に決定的影響を与えた。そして対偶婚と単婚期の初期にすでに人々は婚姻関係を結び、夫婦生活を営為することが、生理的および経済的必要性としてのみならず、道徳倫理的必要性の優位を認識し始めた……しかし人間の精神生活の高尚な発展過程は、決して無難に進行することはなかった。古代から人間たちの対立と矛盾と解決の過程は……」

チョン・ジヌは、学科論文の主題範囲がどこまで広がるのか見当もつかなかった。婚姻関係の法律的考察、道徳倫理的に発展する問題は精神領域の全般を包括した。なかなか確立させられなかった見解と知識を論文に反映しようとして、彼は我知らず力強い筆致で書いていた。婚姻段階ごとの道徳意識の発展過程を科学的に論理立てて解明しようとすれば、そんなふうに慌てて書くべきではない。膨大な歴史的生活資料を調べ、研究し、法律的分析を加えねばならず、そうしようとすれば果てしない努力と日数が必要になるであろう。しかしチョン・ジヌは焦りながら数日で書きあげた。学科論文自体の完成というよりは、ウノクという娘が通信学生対象の対面授業を終えてここを離れる前に、一度見せたいという思いしかなかった。なぜかその娘にもう一度会いたい気持ちを抑えることができなかった。

学科論文の補充原稿をなんとかまとめ終え、女学生寄宿舎にやって来たチョン・ジヌの姿に、ユニは好奇心を隠し切れなかった。ユニは、チョン・ジヌの学究的努力を逸脱して芽生えた切ない心情を即座に解釈し、ウノクが午後北上する列車でここを離れるのだと教えてくれた。列車の時間まであと三十分しかなかった。彼はすぐに駅前に行くバスに乗った。駅前の広場で降りて改札口に向かっていた彼は、遠く煙の中で列車が汽笛の音を立てながら疾走して来るのを見てホームに走り出た。

チョン・ジヌは混雑する旅客たちの間からすぐにウノクを探し出した。地味な濃い灰色の秋の服を着たウノクの腕には、旅行カバンと、布に包んだ植木鉢が三つも抱えられていた。チョン・ジヌを見たウノクは少し驚いた様子だったが、すぐにうれしそうに声をかけた。

「誰かを迎えにいらしたのですか?」

「いえ……私はトンムに会いに来ました」

「私にですか?」

「学科論文を書き直したので、ちょっと見てほしいと思ってこうして……」

チョン・ジヌは自分が率直ではないことを感じた。彼は顔を赤らめて意味もなく論文の原稿をいじった。

ウノクはかなり当惑した。

「私の話をそこまで……いえ、私はそれを見るような者ではありません。それに……」

ウノクの困った立場を、その時ちょうど乗降場に入って来た列車が救ってくれた。列車は乗降場を振動させ、客たちに突風を吹きつけた。ウノクは乱れた髪の毛をなでつけるとカバンを手にした。左手には植木鉢の包みの一つを抱えた。娘の顔は冷静で、彼を避けようとする様子が明らかだった。

チョン・ジヌはその時になって論文はここに来るための口実で、実のところ学問的助言などを望んで来たのではないことを彼女が感じたことに気づいた。自分がまるで何かの下心をもった低俗な人間のように思われて、顔がカッと熱くなった。手にした原稿がこのうえなくつたないものであるように思われた。チョン・ジヌはおわびをしたいという気持ちが急に湧き上がり、原稿を脇に挟んで植木鉢の包みを二つ手に持った。

彼女は慌てて押しとどめた。

「いえ、大丈夫です。列車に一つ置いてからまた来ます」

「トンムは……あんまりですよ……見知らぬ人でも手伝うことがあるじゃないですか」

ウノクは反対できずに目を伏せた。

チョン・ジヌは気づまりな雰囲気を埋め合わせようと尋ねた。

「何の植木鉢ですか？」

「野菜の苗です」

「そうなんですか!?　でも植木鉢まで……家に持っていくんですか？」

「私の家は連壽平です。野菜品種研究所で特別に育苗したものなので、試してみるんです」

チョン・ジヌは心の内に感動し、植木鉢の包みを持って後に従った。乗降台を上がって座席の荷物棚に植木鉢をきちんと載せてやった。

「ありがとうございます」

ウノクは心から礼を言った。

「お気をつけて」

チョン・ジヌは彼女と握手をすべきなのかどうしたものかわからず迷っていたが、そのまま降りた。列車はまだ出発しない。彼は乗降場に立ってズボンのポケットに手を入れたまま、列車の屋根越しに雲がかかった空を眺めた。胸の中から何か大きくて大事なものが離れてゆくようで、頼りない気持ちになった。列車がゆっくりと動くと彼はウノクが座る窓に目をやった。彼女は座らずに、野菜の植木鉢を置いた窓際に立っていた。チョン・ジヌの横を通り過ぎる時、ウノクは手を上げてまるでその手に別れを惜しむ気持ちが表れるのを恐れるかのように、早々にひっこめて横を向いてしまった。チョン・ジヌは列車が遠く消え去っても、交わることのない二本の線路がきりも無く伸びていったその場所から目を離せなかった。

チョン・ジヌの頭の中には、ウノクの姿が深く刻まれた。まじめで優しく冷静なその姿を忘れることができなかった。研究業務に誠実なその人柄は、深い瞳の色と、赤く上気した顔よりもいっそう魅力的なものとしてチョン・ジヌの心を惹きつけた。

それから一年半が過ぎ、チョン・ジヌはこの町の人民裁判所に配置された。生活が落ち着き業務に余裕ができたある日、チョン・ジヌは郊外にある野菜品種研究所支部を訪れた。

誰かが訪ねて来たと知らされて正門に出て来たウノクは、チョン・ジヌであることがわかると非常に喜んだ。彼女は研究所の庭で季節外れの梨をとって勧めた。まだ霜には打たれていなかったが、果肉は硬く渋みがあった。

チョン・ジヌは自分が市の人民裁判所の判事として働いていることを知らせ、会いに来た目的を取りつくろわずに率直に話した。言いづらいことだったが、彼はすでに身に馴染み始めた法律家として、感情を実直に表現した。

彼女は顔を赤らめて当惑し、かなり長い間黙っていた。そして部署の仕事が忙しいことをわかってほしいと言い、夕方の散歩も映画鑑賞の誘いも断った。

チョン・ジヌは二日後、また研究所の支部を訪れた。

しかし彼女はいなかった。研究業務のために海抜の高い遠方に向かったというのだ。受付に座っている若い女性が、彼が誰かわかると手紙の入った封筒をくれた。

彼女の手紙だった。

ウノクは自らが礼儀を欠いたことを反省し、思いもよらずそのような好意（それが好意なら……）を寄せてもらえたことを幸せに思うと書き……そしてどう受け止めればいいのかわからないと書いていた。厳しい風土の土地で、野菜と格闘するばかりの平凡な人間である自分には身のほどを過ぎたことだというのだった。その後は思慮深い冷静な文章だった。社会に最初の一歩を踏み出した法律家が、無駄に時間を浪費しているのではと、どうか心を乱さずに裁判業務に専念してほしい、と書かれていた。

手紙は一枚分にもならなかったが、チョン・ジヌの胸の火をより熱く燃えあがらせた。何の愛情も込められておらず、チョン・ジヌの好意を一時的な心の混乱、軽率な恋情とみなし、遅くならないうちに関係を絶とうとする彼女の決断は、むしろ反作用を引き起こしたのだった。

チョン・ジヌの初恋、清らかで真実の愛が、純真な娘の心に燃え移るまでには、かなりの時間が流れた。

彼らの結婚式は、夜通し雪の降った三月の暖かい日に行われた。

チョン・ジヌは結婚式を挙げる前に、ウノクとつれ立って郊外の道を散歩した。外とうを着て、毛糸の襟巻きを首にふわりと巻いたウノクは、温かそうな革靴を踊り子のように軽やかに動かして歩いた。襟巻きの細い飾りふさはウノクの肩や背中、胸元を太陽の日差しのように覆っていた。

人々の足に踏み固められて解けた雪の表面が凍りついたところは、ガラス板のようにつやつやして滑りやすかった。

それでウノクはチョン・ジヌの腕につかまって、彼に半分ほど身体を預けた。その顔は押し寄せる幸せに、山頂に積もった白い雪のように明るく光を放った。チョン・ジヌはその明るい顔、喜びと恐れが隠された目を見るだけで心が浮き立った。

彼らの足元で凍った雪がきしきしと軽快な音を立てた。

朝の冷気を含んだ風は静かで大気は澄んでいた。銀灰色の空は、屏風のように周りを囲んだ白い山の尾根からはるか遠くまで開けている。

道沿いの建物の軒下にぶらさがった水晶のようなつららが、太陽の光に宝石のようにきらめいている。それが時折凍った地面に落ちるたびに、かしゃんという神秘的な何かの打楽器のような音響を立てた。

すると彼女は「あら！」と驚きと楽しさの混じった声を上げ、チョン・ジヌにぴたりと身を寄せた。

夜通し降った雪は大通りと小道、家々と街路樹に白い綿をたっぷりと被せた。清らかで豊かな眩い銀世界は結婚を前にした彼らの心を誘い、惹きつけた。一切の山や川を覆った白い雪の美しさ、綿のように軽くて柔らかく冷たい雪は、彼らの幸福な日を祝福して惜しみなく降りつもったようだった。

夜通し訪れたその白い客は、広大な雪野原と冷たく清々しい大気をもって、これから夫婦となる二人を優しく抱擁してくれる。

彼らは幼い子供のように、手をつないで滑りやすい川の土手を降りて行った。

川沿いには青いアカマツの木々が白い雪に身体を預けて立っていた。まるで新年を迎える宴に酔ったようだ。アカマツの木々は夏のままの青さと冬の白さをも兼ね備え、愛が深まってゆく二つの青春を喜んで迎えている。

銀青色の絹の服に赤い帽子を被ったキッツキの一対がばたばたと飛んで来て、赤い表皮がひび割れたアカマツの枝にとまった。近づく二人を気にも留めず、とがった嘴（くちばし）でタッタッタッタッと木を力強くつついて診断に忙しい。「聴診器」で虫が入り込んだ木の空洞をいち早く探り当て、先の曲がった長い舌の先で、間違いのない手術をやってのけるのだ。

川には表面が解けて糸のような形状の結氷が厚く覆い、娘の声のように澄んだ春の小川の音を聞かせていた。

軽い風がワタノキの細い枝をさすり雪の粉を落とす。

母のような太陽はいっそう高くのぼり虹色の温かい日差しで川や山を撫で、二つの青春の顔を輝かせる。

乾いた木の枝は日差しの温かさを、春の気配を感じとり、太陽に向かって厚い表皮に保護されていた新芽を突き出し始める。冬の眠りから覚めたのだ。

「ジヌトンム。あれ見て。カササギ！　……乾いた木の枝をくわえようとしてる」

ウノクが川沿いの雪解けしたところを指さして楽しそうに言った。

「巣を作ろうとしているんだね」

「黒い洋服に白いシャツを合わせて着たところがちょうど新婚の夫婦みたい」

一対のカササギは互いに離れないように胸を突き出しながらよちよちと歩く。二羽とも乾いた木の枝を選んでくわえるとワタノキのてっぺんに向かって飛んで行った。

「ウノク、あそこにちょっと座ろうか？」

「そうしましょう」

チョン・ジヌとウノクは丸太を覆った雪を払い並んで座った。この前の秋に筏から外れた丸太を引き上げて、積んでおいたもののようだ。雨雪に濡れて凍った丸太は冷たかったが、二つの青春はそれを感じなかった。雪の道を歩いて来るうちに訪れた心地よい疲労感に包まれ黙って座り、遠く雪に覆われた山を眺めた。

チョン・ジヌはウノクの手に自分の手をそっと重ねた。

「手が冷たいね」

ウノクは手を預けたまま愛情のこもった目つきでチョン・ジヌを見つめた。

「トンムも冷たいですね」

寒さに凍った二つの手のひらは次第に温まった。

「ジヌトンム……結婚してからもこうして愛してくれますか？」

「そうするよ」

「一生ですか？」

チョン・ジヌは答える代わりにウノクの柔らかい手をしっかり握って引き寄せた。許しさえ得られれば彼女を抱きしめて、炎のような愛情のすべてを捧げながら約束したかった。

「私はどうしてか、トンムが怖いんです」

「どうして？」

「法官だからです」

「トンムも法律の勉強をしたんだろう」

「それが何の助けになりますか？　付け焼き刃の知識なのに……トンムは実際に法律を行使する人でしょう。家庭でも法官のように行動するんじゃないかと思って怖いです。民法、家族法……民事訴訟法第何条項によって不満な妻を次のように……なんて」

チョン・ジヌも笑った。

「いくら愛している妻だといっても法に背く時は公民として処罰しなければ」

「まあ……」

一対のカササギがワタノキから飛び立ち、羽で雪をかすめながら二人からそう遠くないところに降りた。カササギたちは、丸太に座った二人をしばらく警戒するように見ていたが、安心したのか嘴で乾いた草むらをかき分ける。三月の太陽の光に雪が次第に解けて、乾いた地面が現れるのが見てとれる。丸太に積もった雪も日の光にきらめきながら解け、彼らの履物についていた雪もいつの間にかきれいに解けてしまった。

「ウノク、何を考えてる？　……どうして黙ってるんだ？」

「すみません。故郷のことを考えていました。連壽平のことです。私はそこで生まれて幼い頃と少女時代を過ごしました」

二人の体温が合わさった手は、羽毛のように温まった。

ウノクはチョン・ジヌの肩に頭をそっともたせかけた。

「ジヌトンムはいつだったか、山のふもとにある穏やかなご自分の故郷の村について話してくれたでしょう。景色の良い、川辺に高く並んだポプラの木々と、シダレヤナギの下のひんやりした泉の水の話を。私の故郷連壽平は、大きな川も小川も湧き水も無いところです。野菜も育ちません。村の前の小さな沼が唯一の水でした。夏になるとその「飲料水」の周りを水草とススキがびっしりと囲んで生えます。ヒルや赤い糸ミミズ、ボウフラが湧いて、沸かして飲んでも風土病にかかります。大陸の寒さが襲いかかる冬になると、その沼の水が底まで凍りつきます。毎朝、男たちが斧を持って行って氷を割ります。女たちがたらいに氷のかけらを持ち帰って、釜に入れて火を点けるのです。それが冬の日の水を汲む方法でした。祝いの日といえば、牛にひかせたそりに水おけを積んで三十キロも離れた川に降りて行って水を汲んで来ます。それが村の祝いの日だったんですよ」

チョン・ジヌの首と頬に、ウノクの豊かな髪の毛が柔らかく感じられた。

「朝鮮戦争の後、連壽平にも農業協同組合が組織されました。国家からたくさんの資金を投入して、川の水を何段階もの揚水で引き上げてくれました。その時以降連壽平の人たちは、平野に劣らず文化的な生活ができるようになりました。じゃがいもと燕麦(えんばく)、麦がいつも豊作でした。白米と交換すると白いご飯も普通に食べられるようになりました。牛と羊、ヤギたちもたくさん育てました。でも……野菜だけは栽培がうまくいかないんです。道の野菜研究技師たちが来て連壽平の気候と風土に合う苗種の研究をするために苦労しています」

ウノクの声は沈み、表情が暗くなった。

「でも……まだ研究であまり成果がないんです。今でも遠く海抜が低い地帯まで降りて、そこで栽培した野菜を自動車で運びます。連壽平は野菜ができない場所だとなると……研究がだんだん縮小されていくんです」

チョン・ジヌは、ウノクが父親の異動で道の中心部に来てもなお、野菜研究所支部の労働者として働きながら大学の生物科学部を通信教育で受講している目的を、より深く理解した。一生にもっともうれしい日ですら故郷を思い出し、そこに暮らしている人々のために心を配るウノクの心情が、彼をどこか満ち足りた思いにさせた。

彼らは山間都市郊外の穏やかな土地の平屋建ての家、チョン・ジヌの家で父母と友人たちが用意してくれた祝いの膳(ぜん)にもてなされた。一生のうちに初めてもてなされる、立派な御馳走だった。

何十年か受け継がれ、黄色く色あせた古典的美を漂わせる屏風を背景に、二つの青春は無限の幸福と深い感銘の中に立っていた。

祝いの料理は豪華でもおおげさでもなかったが、民族に固有の風俗と伝統、北方地帯の慣習に沿った素朴な食べ物が積まれていた。

結婚式は消えてゆく古い風習と、時代と生活様式に見合う簡素な新しい礼法が相まった中で、ゆっくりと楽しく、厳粛に執り行われた。

チョン・ジヌはそのすべてを覚えていることも、何が行われているのか把握することもできなかったし、意識する精神的余裕も無かった。彼は部屋の中にいっぱいになった何人もの人々のまなざしをとても見回す勇気が無かったし、ただ自分の人生の厳粛で幸福な、神秘的な瞬間が流れているのだということだけを感じていた。

子供たちのはしゃぐ声もない、厳かな静寂の中で法学部の同窓生が祝辞を読んだ。

人々は祝いの沈黙に浸っていた。年老いた人々は、過去の自分たちの結婚式、あの青い時代を回顧し、若い人々は自分たちにもいつかは訪れるであろうこの歓喜の瞬間を胸が締めつけられるような思いで体験するのだった。

幼い子供たちは、さっさと料理を食べて飲んで遊んで歌えばいいのに、何のためにこんな演説が必要なのかわからないとでもいうように、好奇心といらだちを顔に表していた。

「そして……」

同窓生の声が響いた。

興奮の混じったその声は、結婚の大いなる意義を確固たるものと認めさせ、人生のこの歴史的瞬間を決して忘れないように力説しようとするのだった。

「新郎チョン・ジヌと新婦ハン・ウノクは、両親と親戚、同志、友人たち、老世代と子孫たちの前、党と祖国の前で、神聖な結婚をし家庭を成すことになります。社会の細胞である家庭の和睦は、国の公共性と関連するということを心に刻み、黒髪が白髪になるまで互いに助け合い、導き、母である祖国の繁栄のために、心変わりせず、誠実に生きねばなりません」

結婚の祝辞は、山鳴りのやまびこのように余韻を残し人々に感銘を与えた。

粛々とした雰囲気の中でチョン・ジヌはウノクと共に盃に酒を注ぎ、父母と年長者の順に勧めていった。人々は新郎新婦の酒を慎重に、大切そうに受け取った。澄んだ泉のような酒の注がれた盃を覗き込む彼らの目は輝き満足感に満ちている。その一杯の酒には、喜ばしいこの結婚という福の絶頂を授けてくれた党に対する感謝、人生の先輩たち、同志たちに対しての敬意が熱く込められている。そしてまた、変わらぬ新婚夫婦の誓いが込められているのだった。

酒をよく飲む人も飲めない人も一滴も残さず飲み干した。新郎新婦が注いだ盃の意義が深いものであるだけに、こぼしたり残したりしてはいけないのだった。

丁重な儀式が終わりアコーディオンの音が響く中、どこの部屋にも祝いの膳が運ばれ皆で囲んだ。

法学部のアコーディオンの名手だった同窓生は、部屋の隅に置いた椅子に座ってじゃばらをゆっくり伸ばしながら鍵盤を奏でた。力強くありながら軽快な希望に満ちた旋律が流れる。

チョン・ジヌは友情の厚い学友を見つめる。彼は同窓生を代表し、このはるか遠い山間都市にまでやって来たのだった。

部屋の中の青年たち、野菜品種研究所支部の若者たちと娘たち、ウノクの父親の職場から来た青年たちが、アコーディオンの旋律に合わせて歌を歌った。

彼らの求めで、チョン・ジヌとウノクが二重唱をした。

歌も笑いもおしゃべりも、食べ物も豊かな楽しい日だった。

盃と泡立つビールコップが新郎新婦の前途を祝福して何度もカチンと祝杯を上げた。

時間が流れるにつれ年配の人たちが座った酒席では新郎新婦の話題は消え、女性と恋愛と結婚に関する自分たちなりの見解と懸念が行き交った。のんびりしていても生活力があり、教訓的なところがある北方の人々の荒っぽい言葉だった。酔いが混じってはいたが、結婚と家庭についての経験の深い率直な言葉だった。

「何といっても家庭生活は女が健康でなければいけない」

「うちの奥さんのことか？　……話題にするな。いつも調子が悪いんだ。体格が良いから結婚したのに、当てが外れたことが後でわかったよ」

「だから結婚しようと思ったら、すきをひく牛を選びに市場に行く農夫の気持ちになれっていうだろう」

「古い格言だな……今の子たちは顔がきれいかどうかを一番に見るそうだよ」

匙の音と盃を合わせる散漫な騒音の中で、話し声は時にはっきりと聞きとれなかったり、時にとぎれたりする。

「自分の娘がきれいでなくとも心配するなとも言うだろう。娘というものは花と同じだ。二十三、四歳になると、バラの花にはなれなくとも水仙の花でもかぼちゃの花でも花は咲くんだから。そうすれば蜂と蝶々が飛び込んで来るものだ」

「俺は長女のことを考えるといつも頭が痛いんだ。性格がきつくて年齢もきてるし。最近の話では、娘の年齢が二十六になると還暦だというじゃないか。それでも嫁に行くのをままごとみたいなもので価値がないと考えているんだ。若い男たちに関心をもったり媚を売るということが無い。我慢できなくなって一昨日は怒鳴りつけてやった。おい、お前がそんなふうに性格がきついから男たちが寄ってこないだろう。そんな男みたいな性格を抑えて化粧もしっかりして歩け。それで一人くらい仲良くなって連れて帰って来いって言うんだ。俺が鶏をしめて結婚式を挙げてやる」

「今の子たちは二十五、六になってもまだ子供だよ。幸せすぎて。なぜ結婚しないといけないのかわからないんだ」

さらに慎重な知性的な声が聞こえる。

「去年、うちの工場の『虎』技師長が妻を亡くしてね。先月、再婚したんだよ。顔がふっくらして体格の良い女性ですごく尽くしてくれるんだそうだ。技師長が出張に行って帰って来る日には、服をきちんと着て化粧して駅まで迎えに来るんだ。夫のカバンを持って一緒に並んで歩いて家に帰って来るんだってね。俺たちはその女性の世話になっているわけだ。だって参謀会議になると副所長たちや職場長たちを、恐ろしいぐらい追及していじめて虎と呼ばれた技師長が、どんなに柔らかくなって、懐が広くなって、静かに話すようになったか……まったく人が変わったんだ。それでも生産量は右肩上がりなんだから」

話に夢中になっていた客たちは、新郎新婦にはもう関心すら無い。

夜は深まっていった。

酒と料理に満足して話し疲れた友人たちと客たちは、一人、二人と立ち去った。

チョン・ジヌは彼ら一人一人と握手を交わした。

ウノクは花輪を飾った頭を丁寧に下げて見送った。

外の新鮮な冷たい空気が、タバコの煙と食べ物の匂いでよどんだ部屋の中の空気を押し流す。

彼らは明かりを消した奥の部屋に黙って座っていた。

チョン・ジヌの母がふんわりと綿を入れた最初の日のための布団を敷いて行ってから時間が

経っていたが、新郎新婦にはまだ結婚式の余韻が残り、興奮を静めることができないでいた。

　太古の静寂のような静けさが伴っていた。

おしどりを刺繍した枕や絹の布団の鳥と花は、青白い月光に包まれてまるで生きて動くかに見えた。

かしゃん！　軒下に重いつららが落ちる音が、部屋の静寂を破った。深まった夜でも大自然は休みなく絶え間なく運動し、自らの法則どおりに変化を引き起こす。自然のささやきは幸福感に浸る新郎新婦を驚かせ、迫ってくる目の前の恐れと恍惚ではなく、未来の何か困難で崇高な義務を自覚させてくれるかのようだった。

　新郎新婦は示し合わせたように立ち上がって窓辺に近づいた。

　月の光にきらめくつららがすだれのように垂れ下がっていた。雪が積もりコートのように裾の広がるケヤキの木立の間に、家々が薄明るく見える。分厚く白い綿布団をこんもりと屋根に押しかぶせたようなあの穏やかな様子の家々は、青みがかった月光に包まれて静まっている。その向こうには雪に覆われた銀灰色の平地が見え、遠くその端につらなる白い山々が古代の城壁のように紺碧の夜空に向かってそびえていた。その光景はまるで大理石の彫刻のようだった。四方は冬の夜の冷え冷えとしながらも柔らかく、神秘的な沈黙に覆われていた。深い静けさと寒さは辺りをいっそう凍りつかせるけれど、月の光に包まれた自然はその美しさを失っていなかった。

「本当にいい夜だね……星が宝石のようだ」

「……」

「この最初の夜は、私たちの生活で永遠に忘れられないだろうね」

「……」

「美しい追憶として残るだろう。そうだよね？　ウノク、何を考えているの？」

「ジヌトンム、あの山の向こうに……三台星（さんたいせい）があるほうに連壽平があります」

彼らは、紺碧で真っ暗な空間を眺めた。重々しい山の頂に登り立てば、冷たく光る星々を手につかめそうだった。

「幼い頃が思い出されてたまらない……私はまだ、あの遠い少女時代にいるのに……結婚式は誰か他の女性がしたみたい。怖くて……連壽平から遠く離れて、ここに住むようになったことが罪深く思える。あそこには私の幼なじみたちが村の人たちと暮らしている」

チョン・ジヌは胸が詰まった。

月の光に影になったウノクの姿がいっそう美しく見えた。ウノクの顔は、大学の講堂で、植物園で、駅の乗降場で会った時の娘の姿と重なり、チョン・ジヌの心を強烈に惹きつけた。

「ウノク、連壽平にきっと野菜を栽培するんだ。私が手伝うよ。夫として、同志として、友人として」

チョン・ジヌは、妻のその願いをかなえるためには一年や数年では及ばない長い歳月を費やさねばならず、他の人々のように団らんのある家庭的幸福を得ることが難しいということをまだ見通すことができなかった。そういう前途を考えてみようともしなかった。結婚の美しいベールは、生活の現実的な姿を覆い隠していた。人生の絶頂期にたどりついた青年の目には、難しくて複雑なものが、たやすい単純なものに思われ、困難は楽しさでうち勝てるとばかり考えた。

「本当にありがとう」

ウノクの低い声は喜びに震えた。

紺碧の夜空に白く燃える尾を引いた流れ星が、山の向こうに消えた。静かに流れ込む月の光は、真実の愛で結ばれた二人の影を絹の布団に映した。

「ジヌトンム、家が定まったら、私は奥の部屋を野菜種苗実験温室にしようと思うの。研究所から帰ってからも観察できるように。許してくれますよね?」

「もちろんだ。温室に使う素焼きの植木鉢は私が手に入れよう」

感動に満たされたウノクは、星の光の宿ったような美しい目でチョン・ジヌを見つめた。

永遠の愛、和やかな家庭、研究の成果といった生活の前途に対する固い約束が、ウノクの瞳に輝いているのをチョン・ジヌは認めた。やがて、約一週間の新婚生活を終えた妻は連壽平に向かった。

どうなるかもわからない、見込みも乏しい野菜の種だが、三月の末にはまた温室で種まきをしなければならない。

誰にでもある、誰にでもあるはずの新婚生活はそんなふうに始まった。

チョン・ジヌは清らかで崇高で、熱い感情だけが支配していた新婚時代の、二十年前の目で今日まで流れてきた人生を振り返ってみた。

胸が痛んだ。

あれほど美しく神聖で高尚な結婚、愛の日々だったのになぜ忘れてしまい不満をもって妻に接するようになったのか？　歳月が過ぎたからか？

そうだ。歳月が流れた。結婚、家庭生活を理想としてではなく現実として身体で受け止めながら人生を重ねてきた。

党の法律思想を擁護し貫徹する慌ただしい仕事。アパートの三階の落ち着いた家に設けた温室の管理、とぎれることなく続く家事、幼い息子を背におぶって連壽平に向かう妻を、彼は不満を抱かずに黙々と支えた。幼稚園と学校を修了し、軍隊に行った息子の成長期間に、彼は妻の代わりに母親の役割を担ってきた。晴れた日よりも曇った日の多い家庭ではあったが、彼は妻の願いを大切に受け止めて我慢した。

しかし……ここにきて妻と家庭生活に対して不満を抱き、つらいと感じているのだろうか。妻の苦心の込められた研究に無関心になったということなのか。愛で心が燃えていた新婚生活の約束と義理は、どこに行ったのか。歳月と共に消えていったのか？

チョン・ジヌは塩分が白くしみ出てコケの生えた素焼きの植木鉢を眺めながら、深く考え込んだ。

窓の外では依然として雨が降り、風が強い。

連壽平には雪がこんこんと降っているだろう。明け方には土地が凍りついているだろう。

第二章　二つの生活

5

チェ・スニは目を閉じたまま床の温かいところに横になって、雨水の落ちる音に耳を傾けた。平屋建ての家の軒先から流れ落ちる雨水の音は、明かりを消した静かな部屋に漂う不安をいっそう濃くするようだった。雨水は真っ暗な闇の中で瓦を伝って休みなく落ち、目には見えないながら空間に散らばる音をかき集めたような荒っぽい騒音となった。それは煩悶と絶望に包まれているスニには、どこか過酷な運命の予告をするように響いた。人を識別するすべを知らないはずの自然も、いまさらのようにスニを不幸から離れられないように威嚇するのだった。

無邪気だった幼少期、夢を抱いた少女時代、恥じらいと清楚さの花開いた娘時代には、自然というものは彼女にとってどれほど優しく美しい音の響きをもたらしてくれたことか。夏の日、山村の故郷の家の軒先から落ちる雨水の音は、神秘的で生き生きとした旋律であり楽しい物語に満ちていた。幼いスニにとっては雨粒が宇宙の入った小さな生命体のように思われた。それは霧の中から響いてくる、遠い学校のかすかな鐘の音のように、一滴また一滴と静かに落ちた。耳を傾けていると、土間をうがつ水滴の音が学校と原っぱと山裾(やますそ)で遊んで楽しかった様々なことを思いおこさせる。スニは小さな手を広げて雨水を受けた。水滴はぽたぽたと落ち、手のひらに溢れる。水しぶきは顔に跳ね落ち、ぱしゃぱしゃと音を立てる。霧雨が小雨に変わると、雨水の滴は次第に速く落ち瓦の端から少女の手のひらに透明な楽器の弦を張る。さらさらさら……。手のひらをくすぐるように鳴らす軽快な音は、周囲の物静かな小雨の音と相まって新しい和音になる。小雨は絹糸のように細い楽器の弦を空中で鳴らし、地上の物を濡らす。垣根の下に落ちた梨の木の葉、納屋に置かれた器、生け垣、花畑、甕(かめ)、喉(のど)に痛いほこりの匂いを立てる庭。すべてに降り注ぐ小雨は、少女の目の前に広がるそれぞれ違う物を叩き、それぞれの違う音をもたらす。少女の手のひらに染み入る雨水の音は、周囲に響くあらゆる音に格別な意味と色彩を加える。さらさらさら……。雨水は手のひらではじけて銀色の玉になって少女の顔と服の裾を濡らす。小雨が立てる音で、村の子供たちや幼なじみたちが、スニの家の垣根の中に集まって来たかのようだ。歌が響く。子供たちの声にスニの小川のような澄んだ声が合わさる。小雨、雨水、休みなく流れる澄んだ音。

「お母さん」

どこからか響く耳に馴染んだ呼び声は、遠く幼い頃の空想の世界でさまようスニの服の裾を引っぱる。

「お母さん？」

「?!」

スニはもがきながら幼なじみと別れ、追憶の霧をかき分けて現実世界に降りて来る。

「寝てるの？」

「うん」

スニは身体を震わせた。息子のホナムだ。幼い息子は、奥の部屋と出入り口側の部屋の間の、半分ほど開けておいた仕切り戸のそばに座っていた。ぼんやりとした部屋の暗闇の中で、枕を抱えて丸くなって座っている息子の姿が見える。母親としての感覚で見る。息子は、今夜は奥の部屋で寝ている父親のほうに行こうか、母親のほうに行こうか、決めかねてためらい、中間に座っている。明かりを消してかなり時間が経ったのにそのまま座っているのを見ると、どこかその父親の性格を少なからず受け継いでいる。それは感じながらも、スニは母親としてのホナムへの強烈な愛情を抑えられなかった。

「こっちにおいで」

ホナムは枕を抱えたまま、ためらいながら歩き何かにぶつかる。夕飯が用意されたままの円卓だ。夫もスニも手をつけず、そのまま覆いが被せられている。ホナムは母の布団の中に入りこんでも背を向けたまま、縮こまって横になる。これまでのように母の懐に抱きついてこない。母の隣に横たわっても、背中は母に、顔は奥の部屋の父に向けている。

スニは奥の部屋に注がれる息子の気持ちを自分に向けようとするように、ホナムを引き寄せた。ホナムは母の懐に素直に入って来た。胸に触れた手をもぞもぞさせていたが、すぐに寝ついた。幼い胸に積もった不満を払い落とせないせいか、寝息の音が高く不規則だ。家の外では、息子のその不安な寝息にも似た雨音が途絶えない。

さらさらさら……流れ落ちる雨水は、寝ついた息子から安らぎを奪おうとするかのように雨脚を集め、軒下を立ち去ろうとしない。乱暴なその水の流れは、スニの追憶の世界から大切な美しいものすべてをほこりのように洗い流し、頑なに流れ落ちてくるようだった。

奥の部屋からごそごそ音がすると、マッチの火がぱっと点いた。続いてタバコの煙を吐き出す荒っぽい息の音が聞こえた。眠れない様子だった。家庭の運命が終末に至ろうとしているのだから、心が穏やかではいられないだろう。奥の部屋の住人は夫でも世帯主でもない。まだ社会的にも法律的にもそうなってはいるが、心の中では消してしまった。スニは夫が夕飯を食べなかったことについても、床の温まらない奥の部屋に寝ていることについても、何の呵責も感じなかった。これは毎夜頻繁に繰り返される寂寞と苦痛の心理の再現であり延長だ。

スニは自分を出入り口まで見送ってくれた判事の姿を思い浮かべた。法律の力で彼女の運命を解決してくれる人だ。柔らかさと鋭さが合わさったようなまなざし、淡々とした声……。スニは彼に離婚の原因をはっきりと説明できなかったようで、胸がひりひりと痛んだ。判事の問いに、どうして「生活のリズムです」、「性格です」、「将来」、「職業」と言って、抽象的なことばかり繰り返したのだろう。空想が実現されずに腹を立てる小娘のように、うわついたことをぺらぺらとしゃべりたててしまった……。

6

チョン・ジヌ判事は、明け方早くに目を覚ました。

窓を鳴らす風と木々の擦れ合う音がいっとき収まると、部屋の中に静けさが流れ込んで来た。街路灯の薄暗い明かりが月の光と重なり、部屋の中に陰影を浮かびあがらせる。家具や物の輪郭は、はっきりとしないまま天井や壁にその姿を映した。それらは味気ない、男の一人暮らしのような部屋のがらんとした空間を埋め、何か黒い生命体のように木の枝や葉の影と擦れ合い、ささやき合うようだった。

チョン・ジヌは次第に心が落ち着くのを感じ、子供のように寝床から起き上がりたくなかった。穴あき練炭で温めた床のちょうど良いぬくもりが、毛布の下から感じられた。そのほどよい熱は、妻がととのえてくれた軽くてふんわりとした綿布団と共に、彼の身体をぽかぽかと包んでくれた。妻がいる時のように、台所から聞こえる家事の音を夢うつつで聞きながら甘い明け方の眠りをぐっすりと味わいたかった。けれど台所は静かで、部屋の中では影ばかりが単調に動いている。

チョン・ジヌは頭が重く、気分が優れなかった。眠りが深くなかったせいなのか、裁判所に出て扱っている仕事のせいなのかはわからなかった。今日扱わなければならない民事訴訟の件はそれほど慎重さを要する問題ではなかったが、犯罪訴訟の件はそうではなかった。市の送配電部の指導員が、電気を節約する国家を欺き電気毛布まで考案して長い間使用して、被告人として起訴された。一般人でもなく、市内の電力生活を管理統制すべき人間がそのような行為をして来たのだから、いっそう罪が重いのだった。故意的な浪費罪[17]であると同時に、貪汚(たんお)罪[18]だった。電気は金銭や物品よりもっと大事な、見えない国家の財産なのだ。

今日の法廷では多くの人が参加する。弁償させても良心の痛みすら感じず電気浪費事案を単純な過失程度の過ちとして適当なところですませようとしている市内の機関、そして事業所、工場からは、役職者たちと関係者たちを法廷に参加させることにした。裁判所長は出張に出ていたが、傍聴への参加者の問題は区域の担当判事たちに任せると言いながらも、法廷業務に手落ちが生じないようにと強くチョン・ジヌに言いきかせた。

まだ早い明け方だったが、チョン・ジヌ判事は寝床から起き上がった。家事もしなければならないし、奥の部屋の野菜温室も心配だった。出勤時間の前まで、野菜の苗種を一つ一つ世話をして観察し、温度と湿度を調節して夜の間に変化したことを、日誌に記録しておかねばならないのだ。

外は真っ暗だった。空に光は無い。

道の向かい側のアパートの窓には、まだ二、三か所しか明かりが灯っていない。働き者の女性がいる家なのか、世帯主が朝早く出て行く家なのか。明かりの消えた窓は、まだ平穏と安定から覚めていない家々だ。思索、創造、労働、充実した新たな日の胎動を内に抱え、静かに息づく窓だ。

一つ二つと明かりが灯る。生活に対する喜び、希望、探求、愛情、感情、計画のすべてが始まる。明かりが増える。職場と職務に対する自覚が溢れる。

リ・ソクチュン旋盤工の家の窓には明かりが灯っただろうか？　夫婦共に深く眠れはしなかっただろう。おそらくはスニはホナムを連れて暖房に近い部屋で眠り、ソクチュンは奥の部屋で眠っただろう。平屋建ての家なのだから、奥の部屋までは床が温まらなかったのではないだろうか。

チョン・ジヌは出勤の途中でソクチュン夫婦を見かけた。

彼らは同じ方向に出勤するのだが、別々に離れて歩いていた。先に歩いて来るチェ・スニの服の胸にはレースの襟がさわやかに溢れ、洗練された化粧と結い上げた髪型は何人もの女性たちの中でも際立って見えた。どこから見ても身の上に悩みのある女性とは信じがたかった。自尊心が強い女性だからカンアン洞(ドン)の住宅街の人々に暗い姿を見せたくないのだろう。

チェ・スニはホナムに向かって早くついておいでと手招きした。

母の催促にも、ホナムはなぜか速く歩かず遅れている。道端の並木のそばに立ち止まったりする。母との距離は次第に遠くなる。それでもホナムは母のほうではなく、後ろを何度も振り返る。

後ろのほうからはリ・ソクチュンがうなだれたまま歩いて来ていた。額に落ちかかる髪の毛をかき上げようともせず、敷石ばかり見ながら黙々と歩く。

ソクチュンは顔色が悪く表情も暗い。良質の布で作られた服は、いつアイロンをかけたのか折り目もとれズボンの膝(ひざ)が飛び出ている。白地のシャツは薄汚れてみえる。洗うべき時期があまりにも過ぎているようだ。だいぶ前にワックスをかけたような靴は、雨に何度も濡れたらしく見られたものではない。ただ重く憂鬱(ゆううつ)な身体を辛うじて載せて運んでいる。彼は息子の横を通り過ぎたのも気づかなかった。

「父さん」

ホナムが呼んだ。

ソクチュンは歩みを止めた。並木のそばに立った子供を見ると、彼のどんよりとした目に生気が戻り表情が明るくなる。

「お前、どうしたんだ。お母さんについて行かないと。幼稚園に遅れるよ」

「行かない」

「何だって！　じゃあどこに行くんだ？」

「父さんの工場……」

「それはだめだ」

ソクチュンは厳しく言ってから息子のセーターの襟元を整えてやり、服のボタンをかけてやった。何か低い声で優しく言いきかせ撫でてやる。

「さあ幼稚園に行くんだ。道を渡る時は注意して」

ホナムは仕方なくうなずいた。

チェ・スニが振り返る。彼女は息子を呼ぼうとふと手を上げようとして、夫に気づき、前を向いてしまった。穏やかだった彼女の表情は、水を被ったように冷たいものに変わった。

チョン・ジヌ判事は重い気持ちで裁判所へ向かった。出勤の途中からもう、彼の業務は始まっていた。

ソクチュン夫婦の身なりと表情と行動は、昨夜の彼らの生活を示して余りあるものだった。彼ら夫婦の摩擦はいっそう極端に進んでいるようだった。おそらくは膿むところまで膿んでしまった傷口を目の当たりにしたのだから手術は回避できないだろうし、家庭の終末も再出発も避けられないと考えているようだった。家庭の不和の中で悩んで漠然とでも投げつけた言葉が、法廷では厳然とした事実性を帯び、妥協の無い厳しい解決をもたらすことになるということを、感覚的にわかっているようだ。裁判所に離婚問題を正式に提起すると、夫婦はいっそう他人のように一筋の細い愛情と未練と迷いまでうちやって、氷のような憎悪を抱いた冷たい関係になってしまうのだ。

道幅いっぱいに押し寄せてきた青年たちがチョン・ジヌを押しのけて通り過ぎる。一人の青年が申しわけなさそうに彼をちらりと振り返ると、またすぐ騒々しく自分たちの話に熱中してしまった。

チョン・ジヌは少しも腹立たしくなかった。通りを騒々しくさせる青年たちのほがらかで礼儀に外れた行動も、むしろ沈んだ気分を拭い去ってくれるかのようだった。

スニは歩みを止めた。

向かい側のアパートの間の道を芸術団の声楽俳優ウンミが夫と共に歩いて来る。

ウンミの夫はカンアン機械工場の製管工だ。工場大学を卒業した労働者技師だ。彼らの間にはホナムと同年代の娘のリョナが、父母と手をつないで鳥のようにおしゃべりをしながら歩く。少女が父と母を代わる代わる見上げながら晴れやかに笑うたびに、頭の上のリボンのバラが咲き誇るようだった。少女の明るい笑顔はそのままウンミと夫の顔に移って咲く。ウンミの夫はズボンの折り目がぴんと立った服を着てネクタイを締め、整髪油を塗った髪の毛はきちんととかしつけられている。明るい表情の彼らは、製管の仕事をしに工場に出勤するというよりは、何かの行事にでも行くようだった。知性的であか抜けた労働者だということがすぐに感じとれた。

スニは、下地が良い人は妻がちょっと面倒を見てやれば光を放って自分のすべきことをうまくこなすのだろうと考えた。スニはウンミが羨ましかった。ウンミは重唱組で歌もうまく、夫を情熱的に愛する女だ。愛情が深く家庭は仲睦まじい。スニは暗く侘しい気持ちになった。夫と幼い息子と離れて一人で歩く自分がウンミたちの家庭とあまりに対照的なようで、彼らを避けようと歩みを速めた。

ところがウンミが彼女を大きな声で呼んで走って来た。ウンミはスニの沈んだ顔を眺めながら、責めるように静かに言った。

「あんた、また一人で行くんだ」

「……」

「気分が良くないいんだね。祝ってあげようと思ったのに……」

「何を?」

「ホナムのお父さんが考案したものが、技術祝典で三位に入ったんでしょう?」

「うん……」

「けんかしたの?」

スニは黙って歩いた。彼女はウンミの人柄をよく知っていた。他の俳優たちがなぜかスニから遠ざかっても、ウンミの真の友情は変わらなかった。ウンミはスニの悩みと家庭の不和を知りながらも、人にもらさず沈黙を守る人だった。それでもスニが裁判所に行ったことはまだ知らない。ウンミにその話をして正しい行動だったのか聞いてみたかったが、すぐさま反対されるのではと思った。

「スニ、いいかげんにしないと……朝からこんなに元気が無くてどうやって歌を歌うの……」

「劇場生活もやめないと……そうでなくとも副団長がもうすぐ結論を出すでしょうよ」

「変なこと言って。誰がそんなことを？　あんたが歌にも関心をもたず暗い気持ちで生活しているからそんな話が聞こえてくるんだよ」

「……」

「どう、すっかり話してごらん。あんたが自分の主張を押しとおすのは、夫が工場で旋盤工ってことで人格を下に見ているからじゃないよね？　もしそうなら……自分が人気のある歌手だっていう優越感からそうなるなら、よくないよ。正しくない。スニ、そういうのじゃないでしょう？　性格上の衝突なんでしょう？」

スニは黙っていた。ウンミの言葉は、単純ながらも明確で突き刺さるものがあった。スニは本当に自分が優越感でいっぱいになって、旋盤工の夫を見下げているのではないかと考えてみた。それでもすぐに首を横に振った。違う。十年の間、とにもかくにも夫を支えてきたではないか。そういう性質の問題ではない。歌手が何者だからといって旋盤工を見下げるとか見下げないとか言うのか。それに、ここに至ってはそんなことは大したことではない。スニは急いでそういう考えを打ち消そうとした。けれどなぜか自分にそういう考えがまったく無かったと、きっぱりとは言えなかった。

「あんたが自分を抑えるんだよ。ホナムのことを考えて。うちのリョナの父さんが一緒の工場で働くホナムのお父さんのことをどんなに高く評価しているか知ってる?」

「あんたは前にもそういうことを言ってたよね」

「もう一度言うよ。一緒の家に住んでいるからって夫のことを全部知っているわけじゃないからね。まあ他人の夫のことをとやかく言うのもなんだからやめとくね」

ウンミは振り返って娘と手をつないで夫が遠くに歩いているのを見てから、言葉を継いだ。

「うちのリョナの父さんが、家に帰っておとなしくしてると思う? 工場で仕事がうまくいかなかったり、自分が失敗したり、そんなこんなで男たちの気持ちが和らがないことがあるとじっとなんかしていない。鋼板をハンマーで打ちつけるみたいにガンガン言う。イライラしてるし。酒を飲んで威勢のいいことを言ったり。そういう時は私は口に閂(かんぬき)をかけて、自分のすべきことをする。私も言い返したい気持ちはあるけど我慢する。空で雷がゴロゴロ鳴るからってけんかしても仕方ないから。そのうち静かになる。しばらくすれば川の流れみたいに自然に会話をするようになる。最近はもうそういうこともほとんど無くなった……私が自慢してるのじゃない。あんたの経験になるかと思って話したんだよ。あんたは最近、前より意地を張ってるみたい」

「知らないくせに……」

スニは口が動くままに言ってしまったが、心が疼いた。家庭の不和を単純に経験したウンミが羨ましかった。その程度なら家庭の不和と思わなくともいいくらいだろう。愛情のある、そんな言い争いなら春の雨のようなものだ。刃物のように鋭く対立したり、言葉の節々に氷のような冷淡さが込められている言い争いを、ウンミはしたことが無いのだろう。


午前十一時頃、被告人である市の送配電部の指導員に対する裁判が終わった。傍聴席を埋めた人々が法廷の門から溢れ出た。裁判所の廊下の床板が揺れた。許すことや受け入れること、そして妥協を知らない法律、事件審理、法的追及、冷徹な判決から受ける恐れ、良心の呵責を感じた傍聴人たちは顔を紅潮させながら廊下を歩いて行った。

咳をする音と床板が鳴る音だけで、誰一人口を開く者はいない。

チョン・ジヌ判事が分厚い書類を抱え自分の部屋に戻っていくらも経たないうちに、昨日電話をかけてきた客が訪れた。

「道の工業技術委員会から来ました」

出入り口から太い声で自己紹介をした客は、太った身体を身軽に動かして入って来た。

チョン・ジヌは疲れた身体を起こし机越しに手を差し出した。

「判事チョン・ジヌといいます」

「チェ・リムです」

チョン・ジヌは訪問客が自分が離婚させてやった人物ではないことにほっとした。名前が同じだけだった。六年前、裁判所に来て本性を現した人物が訪れていたら、どれほど不愉快だったろうか。

チェ・リムは肘掛け椅子に重量のある身体を預け背広のボタンを外して前をはだけ、紫色の線が入ったネクタイの結び目を引っぱって喉元の襟を緩めた。彼はシミの浮き出た顎を撫でながら、役職者らしい関心をあらわにした目で事務室を見回した。恰幅が良いせいか顔は皺が少なく血色が良かった。すっきりした額の上には、縮れた髪がふさふさと魅力的にかかっていた。チェ・リムの顔と身体つきには健康と職務からくる満足感が漂っている。細かいことにこだわらない性格がうかがえる。家庭生活も良いのだろう。その推測は判事という職業上、そうであってほしいという期待もあった。

チェ・リムは、判事が要件を待っているのを見ると重々しい表情になり口を開いた。

「私がこうして訪ねて来たのは……判事トンムの業務に干渉しようとするのではなく……」

彼は電話で交わした言葉を念頭に置いて言った。

「可能な範囲内でのお願いをしようと思ってです。離婚する当事者が言えないことを代弁してやることもあって……」

チェ・リムは低姿勢に出た。

「委員長トンムは、スニの親戚にあたるのですか？」

「あの子は私とはまたいとこにあたります。親族関係としては遠いですが市内に他の親戚がいないので、私をいとこのお兄さんぐらいに考えています。それなのに私が業務が忙しいものですから、あの子の生活をあまり助けてやれませんでした。夫と性格が合わなくてよくけんかをし、何年も悩んでいることは知っていましたが……どうにか暮らしているだろう、と目をつぶっていたのです」

チョン・ジヌは関心をもたなかった。一方の当事者の味方をして訴えに来る、こういう親戚を少なからず見てきた。さらに切実な気がかりが彼を押し包んだ。チェ・リム……名前が同じせいか、ずっとあの考えを振り払うことができなかった。あの人物は離婚した後、どんな女性を妻に迎えたのだろう……男の子はすっかり大きくなっただろう。今たぶん十三歳だろう。心根の良い義母に出会えていたら気兼ねなく暮らせているだろうが……。

「だから、私がスニの家の問題に介入しようと心を決めました」

チェ・リムの言葉はどこか遠い虚空で鳴っているように聞こえた。チョン・ジヌの目の前には六年前のあの日の法廷がしつこく蘇った。そばかすの浮いた頬に流れる涙を拭う姿、女性としての尊厳を切実に訴え、深い山の中で幼い姉弟と木を育てながら誠実に夫を支えてきた。母と一緒に暮らしたい、弟と離れたくないと訴えていた女の子……離婚させた後になって、どうして法廷の外のことが忘れられないのか？　心配になって？　離婚させたのが正当ではなかったのか？　財産の処理と子供たちの養育に関して何か未解決なことは無かったろうか？

　チョン・ジヌはため息をついてから尋ねた。

「委員長トンムは、スニの家の家庭不和をよく知っているようですが、いかがですか。どちらの過ちと思いますか？」

　チェ・リムは姿勢を正して余裕のある微笑を浮かべた。

「判事トンムは劇場にたまには見物に行かれますか？」

「時々行きます」

「メゾソプラノ歌手のスニが出演したのを見たでしょうね？」

　チョン・ジヌはうなずいた。

「歌がうまいです」

「格調高く歌うでしょう」

　チェ・リムは判事の評価にうなずいた。

「女性のメゾソプラノとして音色が明るくてかつ柔らかく、抒情（じょじょう）的で他の歌手たちに比べて個性が際立っています。スニが舞台で祖国に対する歌を歌う時、私も観衆と共に、母である祖国を愛する崇高な感情に浸るのです」

チェ・リムは音楽評論家にでもなったようにしゃべり続けた。

「判事トンム、家庭と祖国の関係は正比例関係ではないでしょうか。考えてみてください……祖国に対する歌をあれほど切々と歌う女性歌手が、祖国の小さな縮図である自分の家庭が不和なものであってよいでしょうか？　真実と偽善の二重的な感情や抽象的な感情では、観衆をあれほど感動させることはできないでしょう」

チョン・ジヌはチェ・リムの論理と分析に、ただ驚きを隠せずに口をつぐんでいた。

「スニは生活も歌のように高尚なものを求める子です。高い発展性を……。問題はソクチュン、あの人物にあります。家庭不和の張本人です。私は、社会生活をあれほど信念も無くいいかげんにやる人物を見るのは初めてです。ソクチュンの働く加工工場でも絶えず世代交代が進んでいるのに、この人物はただ希望も野心も無い旋盤工ですよ。木のように一か所に根を下ろしたらどこにも行くすべを知らずに暮らすんです。家と妻の横にくっついて毎日適当に過ごしているのに、そんな夫と歌手が腕を組んで歩けるでしょうか？」

「……」

「スニが我慢できなくなって夫の身の上をちょっと向上させようと、身なりも見た目良くしてやり、大学にも行って職業も替えては……、そう言ってもかえってにらみつけて、生活観がどうだとか虚栄心だとか言って侮辱するのだそうです。世帯主の役割もまともにできないくせに、妻の前では権威をふりかざそうと怒鳴りつけるなんて、それでいいんですか」

チョン・ジヌは偏見が強そうな彼の言葉を途中で遮った。

「私もソクチュントンムに会ってみました」

「ああ、そうですか……あの人物が自分が正しいっていろいろと言ったんでしょう」

「私の考えでは、本心を打ち明けたように思います」

「それはそうでしょう。他でもない……判事の前に出れば本心を言わないといけないでしょう。それでソクチュンは離婚を要求しましたか？」

「はい……」

「まったく、よかったですよ。私はあの人物が事を難しくするかと思って心配しました」

チェ・リムはポケットから『銀の雫』を取り出した。彼は赤いビニール紐を慣れた手つきではがし、一本くわえると判事のほうにタバコの箱を押しやった。

チョン・ジヌは黙って灰皿を引き寄せてやった。

「判事トンム。二人とも離婚することを主張しているんだから、そういう場合、解決は簡単ではないですか?」

チョン・ジヌはチェ・リムを不満げに一瞥(いちべつ)して、慎重に言った。

「チェ・スニの家庭問題は、もう少し掘り下げてみないといけません」

「いや、判事トンム、二人とも会ってみたんでしょう。頭を悩ませることがありますか。すっきりと別れるように早く裁判しましょう」

「誤解なさらないでください。我々人民裁判所は、文書を見るだけとか当事者たちの話を聞くだけとかで、離婚問題を軽率に扱うことはしません」

「法律の公正性を私が知らないわけないでしょう」

「私は単なる公正性を言っているのではなく、それに先立って提起される離婚問題自体の重要性を話しています。委員長トンムも知っているでしょうが、男女が恋愛して結婚するのは自由です。しかし家庭を成すのであれば法的機関に登録しなければなりません。家庭の形成は法が保証します。それは家庭が国家の生活単位だからです。この国家の単位が破壊されることを簡単に考えることができるでしょうか。離婚問題は夫婦関係を断ち切ってしまうか、そのままにするかという些細な問題や、行政実務的な問題ではありません。社会の細胞である家庭の運命と、ひいては社会という大家庭の強固さとも関わってくる政治的な問題です。そのために我々裁判所は離婚問題を慎重に扱うのです」

「判事トンム。私は我々の法典が優れていることをよく理解しています」

チェ・リムは不快そうに机に手をついて立ち上がり、顎を持ち上げてネクタイを締めた。

チョン・ジヌは身体を起こした。

「解説のようになってしまって申しわけありません。気を悪くしないでいただきたいです。私は委員長トンムが道の一機関を担う役職者なので、スニの家庭の離婚問題を一個人の狭い立場から見ないでいただきたい、と思ってお話ししたのです」

「ほほう、では国家的次元で考えましょう。率直に言って、スニの家はもう家庭ではなく下宿屋です。一つの台所で食事をし、別々な部屋を使って生活して……情けないですよね。もし離婚をさせずに周囲をいっそう騒がせて、愛情のもつれを引き起こして社会の噂になって、それにとどまらず衝動的な事が起きて、とりかえしのつかない災いをもたらしかねないということを、判事トンムは知っておいてください」

「脅しですか？　でなければ何かの言質をとろうというのですか？」

「起こり得ることを予想して、対策を立てるのも裁判所がすべきことでしょう」

「不幸を引き寄せないでください。法的根拠が十分なら離婚をさせます。時間をいただきたい」

チェ・リムは立ち上がって背広のボタンを閉めてから、チョン・ジヌに手を差し出した。そういう習慣的な礼儀は、良い意味での握手というよりは、話が終わったという意思表示なのだった。

チェ・リムは扉に向かったが、つと立ち止まった。訪れた目的を判事に十分納得させられず、どうにも足が進まない様子だった。

「判事トンム……」

チェ・リムは腹の底から出したような声で話を続けた。

「頼みなんですが……法律的な枠組みを超えて、理性的に問題を解決してください」

チョン・ジヌは、すべての理性が法律に内包されているのだと考えながらも、寛大な微笑を浮かべてみせた。チェ・リムが法律的なものと理性的なものの概念を混同しているからではなく、スニのところの家庭問題の性質を念頭に置いたものだと考えた。

チョン・ジヌ判事は、チェ・リムを庁舎の外の階段まで見送った。

17 国家、または社会共同団体の財産を、社会主義経済の秩序を侵害すると認められるような使い方をした罪。電力も国家の財産とみなされる。

18 窃盗罪や業務上の横領罪。

7

昼になってチョン・ジヌは、スニが住んでいるところの人民班長に会ってから、カンアン機械工場を訪れた。

工場の中は機械油と冷却水の匂い、熱くなった鉄の削りカスの匂いが混じり合っていた。旋盤、切削盤、平削盤……青く光る各種の切削機台がずらりと並んだ「機械の林」の上に、天井のクレーンが軽快な音を立てながら滑っていき、型打ちする鉄板を打つプレスの音が拍子をとっているように聞こえてくる。素材をいっぱいに積んだフォークリフトが、チョン・ジヌの後ろでエンジン音を立てる。チョン・ジヌは道を空けてやった。運転オペレーターの女性は、彼にそっと会釈をして平削盤のほうにフォークリフトを向かわせる。図面を持って来た設備工がフォークリフトの積み荷に飛びのった。オペレーターの女性は平然とフォークを上昇させ、荷物といたずらな青年を大型平削盤のほうへ勢いよく押してゆく。ふざけていた青年は怖くなったように飛びおりてこぶしを振ってみせる。オペレーターの女性はフォークリフトの上で大声で笑った。

チョン・ジヌはつい笑みを浮かべた。沈んだ気分ばかり増す書類の山の隅から抜け出して、創造に沸きたつ工場に来ると気分が軽くなるようだった。

チョン・ジヌは、今は施設整備員として働いている、かつてソクチュンの師匠だった老技能工に会った。

六十歳もはるかに超えた施設整備員は、肉付きが良く元気そうに見えた。

彼は太い血管が浮き出た大きな手でチョン・ジヌと握手を交わすと、広い加工職場の隅のベンチのほうに案内した。

施設整備員はチョン・ジヌが勧めるタバコを黙々と吸いおわっても、しばらくは青銅の置物のように動かなかった。立っても座っても曲がっている腰は、一定の期間つらい旋盤の仕事を続けてきた人の表情のようにも見え、ひそかに尊敬の念が湧いた。

「判事トンムがこうして来てくれたから……私の責任が大きいと思うようになった。技能工として世間に顔向けができない。私は昔、ソクチュンに旋盤の仕事しか教えてやれなかったのだ。人が妻子にどんなふうに接して、生活をどんなふうにしないといけないのか、これといってわからせてやることができなかった。他人の家庭のことにむやみと口出しするようで……知っていることも無いし……」

「先生……」

チョン・ジヌは五十の峠に至った自分が、施設整備員を先生と呼ぶのもきまり悪いと思ったが、公的にトンムと呼ぶ気持ちになれなかった。ソクチュンの話の中で老技能工のことを聞いていて、会った時からすでに心から尊敬の念が湧き、へりくだった気持ちになるのだった。

「私は、ソクチュントンムの家庭について何か責任を問おうとか、責める目的で訪れたのではありません。家庭不和の内情を詳しく知りたいと……」

二人は苦しい沈黙の中で座っていた。他人の家庭の不幸だが、彼らにとっては自分や子供の不幸のように骨身に染みて痛みが感じられるのだった。

「先生は……」

「人柄はまじめですよ。私の見習い工だったからといってかばうわけではない。私が育てた旋盤工たちの中で、一番の働き者を挙げろと言われればソクチュンだ。鼻の下に産毛を生やして旋盤を学び始めた時も今も、ソクチュンは旋盤機に餅のように張り付いていますよ。旋盤労働が人生の全部であるかのように、心と魂とを注いで生きています。あるやつは旋盤を最初は着実に学んでいても、そのうち大変だから他の職種にこっそり替わったり、ある者は、入党して肉体労働をしない職場に『発展』して『大きな仕事』をするために旋盤という職業を踏み台にしたりするんです。私から一発殴られたやつらも時にはいます。履歴書の社会成分欄[19]に『労働』と書けるようになったら、もう国から任せられた旋盤機と作業班のトンムたちを裏切っても良心が痛まないんです。もう過ぎたことだが……私はそういうやつらに我慢がならず、工場の党委員会に行って話したことがあります。十年以上旋盤の仕事をするまでは、労働という神聖な階級の社会成分を与えないようにしようと言ったんです」

年老いたかつての旋盤工は皺の寄った顔をさっと上げた。しかめた両目には義憤の色が浮かんでいた。

「ソクチュンのことを話そうとして話がそれてしまった。許してください。うちの工場には十年でも二十年でも、旋盤工の職種で変わることなく、辞めることなく働く人たちが多いんです。だがその中には、そういう不良ども、つまり偶然分子と呼ばれるような、本来なら革命という国家の目標に参加できるような人間ではないのに、たまたま工場に入り込んでしまったような者たちがいて、私の見習い工にも、そういうやからが何人かいるようで……。この歳になって恥を感じます」

老いた旋盤工、施設整備員は興奮していた。それでも無意味に話題の本論から外れて筋道なく話す老人ではなかった。彼の話には、一生を捧げてきた職業に対する無限の愛着と勤勉さが溢れていた。そして次の世代にもそう生きてほしいという願い、不正に対する強い反発心と正義感が、脈々と流れていた。

「ソクチュン自身について言えば……」

施設整備員は突然思いついたようにベンチから立ち上がって、何歩か先にあった一つの工具箱の蓋を開けた。

赤く塗った工具箱の中には、磨き上げた切削工具のバイトやドリル、油入れ、錐、などの各種の工具、治具[20]がぎっちり入っていた。工具箱は、自分の作業台と創造的労働に深い愛着をもった、誠実で勤勉な人の所有物であることを示していた。

「ソクチュンが十六歳……だから旋盤工として自立して労働生活を始めた時から使っていた工具箱ですよ。もう二十年になろうとしています」

チョン・ジヌは朝、出勤途中に会ったソクチュン旋盤工の身なりと表情を思い描いた。アイロンでつけた折り目も無く膝が出てしまった服、垢じみたシャツ、長いことワックスを塗っていない靴、額に髪が落ちかかって元気の無い姿、それらとはあまりに対照的なソクチュンの工具箱だった。

チョン・ジヌは、ソクチュンがまだ工場と旋盤に愛着を失っていないと考えた。それでも不和な家庭をもったまま暮らしていくのは難しい。家庭生活の喜びなく、労働生活の喜びがあるだろうか。ソクチュンは今、過去の熟練と惰性で働き、妻との衝突と悩みからくる痛みを忘れようと必死になって旋盤を回しているのかもしれない。相反した生活は彼の精神を次第にむしばんでいるだろう。出勤途中のみすぼらしい姿だけを見ても、すでに自分自身を愛することも忘れた人間のようではないか。これまでは誠実な人間だったが、このまま放置しておけば堕落した人間になるかもしれない。

「判事トンム、ソクチュン夫婦を離婚させるおつもりですか?」

施設整備員が、チョン・ジヌの深い思考を破った。

「そうですね……私もまだわかりません。それで先生のところに来たんです」

チョン・ジヌは率直に言った。

施設整備員は判事の心の中を読もうとするように、じっと見つめた。

「確かに私は、ソクチュンの妻を知らないわけではありません。スニが結婚して、道の芸術団に選ばれて行く前まではうちの作業班にいたんですから。きれいで明るくて、気の強い女でした。歌が上手で、旋盤の仕事を軽く考えていたようです。どこか堅実さに欠けていました。私はその時ちょっと感じたことがあって忠告してやったんですが、まともに受け止めなかったですね。私を嫌っているようでもあり……。それで私もそれ以上言いませんでした。男ならともかく、女なんだからそこまで働くことを望んでいないのだろう、と思ったし、旋盤工として工場で一番に数えられるソクチュンの妻だから、そのままにしておいたんです」

「……」

「何年かしてホナムの誕生日だったたか、何か他の事でソクチュンの家に行ったんですが、必ずしも良い印象は受けませんでした。うまくいっていないいんだな、と思いました。客が訪れた時でさえ家の中の空気があんなに冷たいんだから、いつもの夫婦生活がなんとなくわかりますよ。やっぱり近所の人たちを通して家庭の不和も伝わってきて、私の耳にまで聞こえてきました。人間というものは、他人の不穏な家庭に興味をもちます。うわさ話が膨れあがるのはよくあることです。私はそういう話を聞いて、見て感じたことからまとめたおおまかな考えはこうです。

ソクチュンの妻は、声のおかげであまりに簡単に名誉を手に入れたからか、虚栄心が出てきたのでは。旋盤工として夫婦生活を始めたのに……十年が経つ今になって、自分は才能ある歌手として成長し、人々の絶賛を受け、道を歩けばみんなが知っていて……『発展』をしたわけですが、夫という人物は、あのころも今も油の染みがついた服を着た旋盤工だというわけです。妻のほうが優越感でいっぱいなので、夫に不足を感じたのでしょう。冷たい態度で苦しめるのですからソクチュンが黙っているでしょうか。もともと強情で芯の通った人間ですから、妻の思いどおりになるわけがありません。いっそう角が立って、事が複雑になったのです。私が知っているところでは、何度か手を上げたこともあったようです」

「……」

「勤労の精神は、人の根本を成すもので土台です。その根本がしっかりしていない人間は心変わりして、地道に仕事することしか知らない人間のことをくだらなく思うのでしょう。ソクチュンの妻をそういう部類に属する者と見ることが妥当かどうかわかりませんが、私の考えはそうです」

チョン・ジヌ判事は、老いた施設整備員の言葉を注意深く聞いた。誠実な努力を基礎とし、家庭上の対立関係を観察し、人間の価値と道徳を測るのは妥当な見方だと考えられた。

それでもチョン・ジヌはチェ・スニの欠陥を虚栄心だと決めつけたくはなかった。芸術人である歌手は、労働者とは違って、職業的特性からみて精神生活において虚栄心をもつことはあり得る。数百の視線が集まる舞台、美を際立たせてアピールする装飾、華やかな衣装、まぶしい照明、観衆の熱狂的拍手、花束……芸術家としての生活のこうした必然的な環境に支配された歌手が、最小限の虚栄心も無しに高尚で貞淑な精神を維持しようとすれば、執拗な自己修養がなければならないだろう。歌手は歌の旋律、歌詞に込められた労働階級としての思想感情を自分のものにするためには、芸術家としての努力をしなければならない。

チョン・ジヌは祖国と家庭との正比例な関係を論じて、スニの人間性を正しいものと評価していたチェ・リムの言葉を思い返した。歌手の精神世界に歌が及ぼす影響を絶対的なものと考えれば、彼の分析も一理あるようだ。

とすれば、スニの虚栄心がはたしてよくないものだろうか。彼女は、夫が旋盤工だから不平をもっているのではなさそうだ。夫が十年前も今も、精神生活において変化がなく、退屈で古くさい生活をしていることに不満なのではないだろうか。ソクチュンの知性や理想は、新婚生活の時と変わらないままのようだ。それでも生活に対する自己満足で自尊心を貫き通している。そのうえ誠実さという垣根をしっかりと張り巡らして、妻を貶(おとし)めているのだろうか。こうした摩擦から、スニの優越感と絶望的な決心が生まれたのではないだろうか。諍(いさか)いの焦点はそこにあるようだった。

ソクチュンは希望も理想もまだ明日がある三十代の若者だ。勤勉さと技能をもって、老いた妻と仲良く余生を暮らしてゆく老技能工の世代の人間ではない。工場での誠実さは家庭での仲睦まじさの土台にはなっても、全部にはなり得ない。愛情とは、業務以外にも精神生活の領域の多くの部分に基礎を置いているのだ。

「何といっても、もったいないのはソクチュンの才能です」

施設整備員は嘆くように言葉を継いだ。

「家で妻があんなふうだから……頭の中がもやもやとまとまらず、まともに考案できないでしょう。他の人もそうですが、技能工や技術者の場合は気がかりや心配が無くてこそ、よりいっそう製品開発に身を削り、考案し、発明できるんです」

「ソクチュンの多軸ネジ加工機は成功しませんでしたか？」

「道の技術祝典で三位になったものですか？　苦労しましたよ。五年かかったんだから。判事トンムは何かその事情を知っているのではないですか？」

「知りません。成功したということしか」

「じゃあ、言わないでおきましょう。気分が悪いです」

「どういうことですか？」

「道の工業技術委員会のやり方が間違っているからです」

施設整備員は腹が立ったようで、タバコの吸い殻を足ですりつぶして話を変えた。

「あの機械でなくとも、ソクチュンが何年も取り組んでいた半自動旋削機がありますよ」

施設整備員はチョン・ジヌを組み立て作業班の作業場に案内した。

そこにはほこりが積もったソクチュンの考案品が寂しげに置かれていた。旋盤に似た形の機械の上半分は解体され、周囲に広げられている。付属品はさび付いていた。

「何日か前に私がソクチュンに耳の痛いことを言ってやりました。霜にあたった菜っ葉のようにしょんぼりしていないで、機械を完成させようと。評価業務のやり方が汚いからといって、考案を続けないわけにはいかないだろうと」

施設整備員は横にあった雑巾を拾って機械のほこりをゴシゴシと拭き始めた。

チョン・ジヌも黙って雑巾を見つけてきて、解体された本体上部のほこりを拭いた。手に油がついた。ふと手のひらが金属部分に触れると、冷たくてひんやりとした。

「そのままにしておいてください。服に染みがつきます」

施設整備員は腹立たしいことが判事のせいであるかのようにぶっきらぼうに言った。

チョン・ジヌはそういう口調が不愉快ではなかった。むしろ施設整備員がありがたく思われた。彼の話から、スニの離婚問題のまた別の本質的糸口を探しあてたように感じたからだ。考案が成功して賞をもらったその日に、なぜ不和がいっそう悪化したのだろう？　チョン・ジヌは丁寧に頼んだ。

「先生、話してください。道の工業技術委員会で、ソクチュンの機械はどんなふうに評価されたんですか？」

「……」

施設整備員はいっそうやりきれないというように、チョン・ジヌを見つめた。離婚問題でもなく、考案品の評価問題などを判事が知る必要があるのか、という様子だった。

「話してください」

チョン・ジヌは引き下がらなかった。好奇心でも興味でもない、判事の真摯な態度に共感したのか、施設整備員は顔つきを和らげた。彼は雑巾で手についた油をゴシゴシとこすり落とし、組み立て場の隅へチョン・ジヌを連れて行った。

「判事トンムはまずこれをよく見てください」

施設整備員はどんな工具箱に比べても三倍にはなる大きな鉄の箱を開いた。

「多軸ネジ加工機はまだ展示場から戻ってきていないので見られないのですが、それがどれほど苦心して作られたものなのか、見ればわかります。そしてこれは職場のみんなからソクチュンに作ってやったもので、『発明鉄箱』という名前がついています」

鉄の箱は真ん中を区切って両側が五つに仕切られていた。仕切りごとに、一つ目の工具箱とは比べものにならないほど治具と工具が納められていた。まだ磨かれず、そのままのものが多かった。

施設整備員は鉄の箱の下のほうに入れてあった一抱えの図面の巻物を引き出した。大小の図面は油が染みて色あせ、線の輪郭と長さがよくわからなくなっていた。

「これは何年か前、ソクチュンが描いたものです。最近完成した図面はすべて技術課にあります。失敗すればまた描いて作ってみて、それでだめならまた描いて作ってみて……。その反復といったら数え切れないくらいです。ソクチュンが自分の手で描いた図面は全部合わせて、おそらく数百枚をはるかに超えるでしょう。失敗した部品はどんなにたくさんあるでしょう。費やした合金材料の一部は弁償までしたんです」

チョン・ジヌは施設整備員と共に、いいかげんに畳まれた図面を一つずつまっすぐにして鉄の箱の一番下の区切りに入れた。なぜか胸が詰まった。

数百枚の図面と治具……失敗した部品にしみ込んだ探求と努力の痕跡、苦悩と絶望の痕跡を、何も考えずに見過ごすことはできなかった。妻の愛情を受けられず、数年間を家庭不和の精神的苦しみを味わいながらも捧げてきたこの膨大な努力を、どうして図面上の数字と部品の数だけで推し量れるだろうか。

「水滴が落ちて石に穴をあけ、鉄の塊を削れば針になるといって、苦労の末に良いことがあったわけです。多軸ネジ加工機が、着々と動いて製品を磨き上げているんです。強情で岩のように口の重いソクチュンの目に涙が浮かんだのを私は見ました。判事トンムも知らないわけではないでしょう。実際、創り出した物に対する喜びはそれを創り出した者だけが本当に感じるものです。通りがかりの人間が黄色く色づいた田んぼを見るのと、それを耕した人間が見る感情は大きく違うのです。私も若い時は考案を何件かやってみましたが、そんな感情をいつも体験できるわけではありません。一度はあまりにうれしくて満足して家に帰って、妻にそう話したら『子供を産んだ産婦の喜びに劣らないなんて、どれほどうれしいんでしょう』と笑っていました。鉄で作った考案品を人間の誕生に比べることはできないが、とにかくそういう時は本当に涙が出るんです」

チョン・ジヌは法学論文原稿を出版社に持ってゆく時の心情を思い浮かべて、賛同するように微笑を浮かべた。

「判事トンム。多軸ネジ加工機は単純に計算してみても、素材の節約と、精密さの保証、切削速度、生産能率において、国家に多額の利益を与えることになります。設備工を減らして労働に余裕ができるということを原価計算に入れなくても、です。展示場に来た他の工場の技術者たちは、その機械のしくみを不思議だと言って、図面を見せてほしいと頼みに来るほどです。それなのに道工業技術委員会では……」

施設整備員は『発明鉄箱』の蓋を閉じた。そしてつらそうにため息をついた。眉間の皺は畑の畝のように深まり、両目からは蹂躙された正義を耐えがたく思う義憤の強い光が放たれた。

「どうしてそんなことができるんだ……なんでも、陶器の花瓶一つと考案証書が渡されただけだというんです。欲が無く、遠慮深いソクチュンはそれをとても名誉なことに思って受け取って来ましたよ。私も花瓶を見ました。考案者のためにわざわざ手間をかけて作った物でもなく、百貨店の家庭用品売り場でいくらでも買える花瓶でしたよ。技術者の努力をどれほどいいかげんに評価したのでしょうか。私が憤慨して工業技術委員会に電話をかけたところ、委員長とかいう人が言うには、今回の技術祝典で当選したものにはどれも考案証書を出してやったし、報奨品も偏りなくみんなに渡しているのだから不満を言わないでくれというじゃないですか。私は苦々しい思いになって電話を切ってしまいました。ソクチュンはそんな私を責めました。だけどソクチュンだって、何も思っていないわけじゃないです」

「……」

「あきれたことですよ。判事トンム、それはソクチュン一人のことじゃないんです。その機械を数年間苦労して作るのを見てきて、助けてくれた工場内の技能工たちと技術者たちもどんな気持ちでしょうか。他の工場の考案品にもみんなそういうふうに報奨品を渡したというから、その影響が及ぶ幅は広いでしょう。もちろんみんな報酬を望んで考案するのではありません。が、私は工場の古い世代として率直に言います。国の財産を作る者たち……技能工や技術者の努力を尊いものと考えるべきです。彼らがしてきた困難な労働を、苦心探求する努力をきちんと評価しなければならないんです。その努力の価値によって人格も評価されるべきです。そうでなければ、他人が汗を流して稼いだものを奪い取るやからが出てきます。そういうやからはというと、社会と国の助けになる技能や技術なんかこれといってもっていないような人間たちですよ。彼らは口がうまくて、人の顔色をうかがって器用に長い一生を生きて行きます。時代が発展すると、かつての露骨な悪党たちとは違っていろいろな保護色を使ってうまく隠れているのです。そういう人間たちと真に努力する人間たちとの区分をはっきりさせて、差をつけるべきです。集団という器の中で、体積が同じぐらいだからといっていいかげんに判断するのではなく、個別に秤にかけて重さを評価するべきなのです」

施設整備員はコンコンと咳をした。興奮したうえに咳が続いて、顔が炭火のように赤くなった。こめかみに浮かんだ血管が、頭に血が上ったのかぷっくりと腫れていた。しばらく胸を撫でさすってようやく落ち着いたのか顔を上げた。

「判事トンム、私が参考にもならない話をいろいろとしてしまったようです。私は話を一つに絞ることができないんです。感情のおもむくままに話してしまって……助けにならなかったでしょう」

「そんなことありません。先生、胸に響く話でした」

チョン・ジヌ判事は正義感と人の本分を自覚している上の世代の施設整備員を、尊敬の念をもって見つめた。彼には老人の顔の皺が、単純に歳月の痕跡というだけのものには思えなかった。その皺は、一生を努力と誠実さで身を粉にして党を支えてきたことの生きた象徴のように思われた。老人は社会の不正を容赦なく暴きだそうとして憤慨し闘争する。それは高い公民的心理であり、高尚な党的感情だ。

そういう心理と感情をもった数百万の人々によって、社会の精神道徳的な空気が健全になるのであり、不正は腐った木の幹のように山裾に押し出される。隠ぺいされた寄生虫、カメレオンのような者たち、居候たち、不良どもが、国家と集団と人民の利益を害する犯罪者にならないように努めねば。社会に危険性を与え得る不正の黒い芽を、手遅れにならないうちに明るみに出さねばならない。

チョン・ジヌ判事は、今日まさにそういうものを発見した。それはもう芽ではなく、枝を広げた木に成長し、社会に影を落とし得る問題だった。考案者の努力を、国家がそんなふうに評価することはない。道工業技術委員会なのか……。どこであれ中間でその努力に対する報奨を横取りしたか、吸い上げてどこか他のところに利用したとすれば、それは公民の努力の結実を侵害する不法行為だ。ある個人が着服したとすれば詐欺犯罪行為だ。そういう行為は技術発展に関わる社会の構造に害を与える……。

チョン・ジヌは、推測をそこでやめた。そういう推理への分析と判断を下すことのできる事実根拠は不十分で、客観性も不足している。老技能工の話だけを信じてそういう結論を出すことはできない。

考案当事者であるソクチュンも、道の工業技術委員会の人間にも会ってみなければならず、考案品の性能と利益と原価についての科学的な解明による裏付けをも必要とする。

「判事トンム、ソクチュンに会ったんですよね？」

施設整備員が訪ねた。

「はい。でももう一度会わないといけないですね」

「では鋳物(いもの)場に行ってみましょう。ソクチュンは操縦連結台の鋳物の作業で溶銑炉(ようせんろ)に行っていると思います」

彼らは作業場の鉄扉を抜けて、木々が生い茂る敷地の道を歩いて行った。

鋳物場に向かう小道のほうから若い鋳物工が一人、帽子を斜めに被り、片手はズボンのポケットに入れたまま、もう片方の手を振りながら歩いて来る。

施設整備員は彼が近くに来ると呼び止めて、重々しく言った。

「お前はいつ見てもそんなふうだな。帽子をまっすぐ被れ。ほっぺたも真っ黒じゃないか。仕事を一人で全部やったわけでもないのに」

鋳物工の青年は文句を言わず、急いで指摘されたところを直した。

「ソクチュンは鋳物場にいたか？」

施設整備員が尋ねた。

「午前は自分と一緒に働いていて、砂のために他の工場に行きました」

「鋳造(ちゅうぞう)用の砂が悪いのが原因だったのか？」

「コウノトリの首ぐらいの操縦連結台が、二か所もひびが入って気泡ができているんです」

鋳物工はおとなしく答えた。

施設整備員は問いかけるようにチョン・ジヌのほうに振り返った。チョン・ジヌは鋳物工に、ソクチュンが来たら裁判所に来るように伝えてくれと頼んだ。それから施設整備員と別れ、工場技術課に向かった。

チョン・ジヌ判事はこの日、非常に忙しかった。この不法行為は、担当する離婚問題を追及していく過程でわかってきた事件なので、事実性と様相を明らかにするには、他の捜査機関に任せることはできなかった。

19 職業等から得られる社会的地位。関わっていた活動や携わっていた職業によって与えられる。

20 製品を加工する際に製品を固定する補助装置。

8

チョン・ジヌ判事は道の工業技術委員会を訪れ、実務の役職者と書記に会って話をした。彼は日差しもすっかり傾いてから裁判所に戻って来た。チェ・リムには、出張中ということで会えなかった。道の工業技術委員会にもう一度足を運ぶか、裁判所に呼び出すかしなければ事件調査の進捗を見ることはなさそうだった。

現在までに調査できた資料だけでも十分に道の工業技術委員会が進めた評価事業の真相を究明することができる。だが不法な評価の仕方を決めて実践させた当事者であるチェ・リムに会ってこそ、今回の事件の主観的な側面をはっきりさせることができるだろう。故意なのか？過失なのか？　思い違いなのか？　技術委員会という組織のためにそういうことをしたんだと弁明できるだろうか？　チョン・ジヌは数日前に裁判所に来たチェ・リムを思い浮かべた。彼の意識、理論、社会的判断力は高いものと考えられた。そして過去に工科大学を出た彼が、考案品の経済的価値を知らないはずがなかった。チェ・リムがどのように弁明するとしても、過失行為や思い違いではすまされない。チェ・リムは、こういう評価の仕方になった結果について、それが社会の関係にどのような害をもたらし、誰のどんな利益を侵害するのかを判断できない、予見できない役職者ではないだろう。

チョン・ジヌは机に肘（ひじ）をつき、手で顔を押さえた。興奮で熱を帯びた顔は熱かった。事件の真相を調査して感じる憤激だった。行為の主観的な側面を明らかにできる当事者には会えなかったが、客観的資料に基づいた彼の判断力と感情と法に対する知識は確信していた。

チョン・ジヌは興奮して感情を先に立てて結論を急ぐのは、法曹として業務を実践する際に禁物だということを知っていながらも、自分を統制するのが難しかった。事件の不法的行為の真相を知ると、自分でも知らないうちに胸中に潜在する人としての良心、法を司る者としての感情が噴き出して来るのだった。その良心と感情が問題の判断と解決のための正しい確信をもたらすのだが、過度に噴出してしまうと、冷静な法を司る者の風格に影を落とす時もあるのだ。

チョン・ジヌ判事はゆっくり受話器を持ち上げ、ダイヤルを回した。

「道芸術団ですか？　こんにちは。市人民裁判所の判事チョン・ジヌです」

「芸術部団長です」

受話器は耳を離しても聞こえるほど感度が良かった。チョン・ジヌは職業同盟の委員長に簡単にたどりつくことができた。芸術部の団長が職業同盟委員長の職務を兼任で担当しているのだった。

「団長トンム、午後……三時か四時頃、芸術団にいますか？」

「はい……どんな要件ですか？」

「チェ・スニトンムのところの家庭問題のことで、少し話をできたらと思いまして」

「ああ、それならおいでになることはありません。私が裁判所を訪問しますよ。午後、そっちのほうに行く用事があります」

「ありがとうございます。お待ちしています」

チョン・ジヌは受話器を置いた。彼は、道芸術団の職業同盟委員長に会うのが正しいだろうと考えた。法律的根拠の無い不当な理由をもって離婚問題を提起する人々に対する教育計画を立てるために、当事者が属する職業同盟組織に経緯通知書を出すのは、裁判所の役目の一つだった。それでもチョン・ジヌはチェ・スニについての経緯通知書を作成しなかった。チョン・ジヌはスニの思想、精神的側面をまだ完全に把握しきれていないと考えた。

離婚訴訟の実務的調査において、当事者たちの思想はとりわけ重要なものだった。愛情も、知性も、理想もその人の思想に基礎を置く。スニの夫婦観が時代に即した要求を含んだ高尚なものであっても、思想生活がぐらついているのであれば考え直す余地がある。彼女の考え方に真実が少なく、目指すところのあいまいなうわついたものだと分析されれば、労働者である夫に対する価値観が正しくないと見なされるであろう。

誰かが出入り口を注意深く叩いた。

「お入りください」

チョン・ジヌが言った。

戸口にリ・ソクチュン旋盤工がおずおずと立って帽子を脱いだ。チョン・ジヌが優しく招き入れると、彼は机の前に近づいた。ソクチュンは帽子を机に丁寧に置いて、椅子を引いて座った。

「忙しいだろうに、また呼び出して悪かったね」

「大丈夫です」

ソクチュンは落ち着かない様子で申しわけなさそうにしながらも、重い緊張に満ちていたのだった。裁判所事務室にまで来たのだから、判事が求めるすべてに応じる態度だった。

「それで、鋳物(いもの)用の砂は手に入ったか？」

「ちょっと持って来たんですが……質がみんな悪いんです」

「あの前の川からとれる砂のようなものではいけないのか？」

「そうですね。石英(せきえい)の砂でないといけないんですが、それは東海岸のほうの河口でもとれるところが限られているそうです」

「大変だな……あのなんと言ったかな？　コウノトリの首みたいな……」

「操縦連結台のことですか？」

ソクチュンはにっこりと笑った。

「そうだ。技能工の先生もそのことを心配していた。ソクチュントンムがもしかして知らないだけじゃないだろうか？　あのすぐ前にある川の砂も、曲がり角ごとに質が違うが」

「判事同志、心配なさらないでください。自分でどうにかして手に入れます」

「良い決心だ。とにかく考案のほうは緊張を緩めないで地道に進めなさい。そのことまでも滞っては、人生の全体を失ってしまうのと同じだ」

チョン・ジヌ判事は少し間をおいてまた話し始めた。

「私がソクチュントンムを呼んだのは……あの雨の日、私の家でできなかった話を聞きたいからです。トンムはおそらく基本的なことは全部話したと思っているだろうが、法律的判断を下さねばならない私としてはまだ不十分だ。たとえば、裁判所に来ることになった具体的な動機のようなものは、言わなかっただろう？　もちろんこれまでに夫婦の間に重なって来た重要なことをいろいろと聞いたから、ソクチュントンムのところの家庭問題についてこちらでは一定の見解を立てることはできた。だがソクチュントンムも目指してきたし、スニトンムもあの多軸ネジ加工機が成功することを願ってこれまでの困難と不和をじっと耐えて来たんじゃないか。ところが考案証書と賞をもらった日に家庭不和がいっそう激化したとはどうしたことなんだ？本当に報酬の問題でけんかになったのか？」

リ・ソクチュンは大きくため息をついてから言った。

「けんかしました。いやけんかどころではなく、争いでした……。私はその日の夜、報奨品としてもらった陶磁器の花瓶と考案証書を持って家に帰りました。息子が母親に私がもらってきたものを自慢しました。妻は何も言いませんでした。食卓を囲んで、ただ静かに座りました」

　夕食をすませ遊び疲れたホナムが温かい床の上で寝てしまった後、彼ら夫婦は無言だった。人々の拍手の中で報奨品をもらってきたソクチュンは内心では心が浮き立っていたが、妻がうれしいともつまらないとも何の反応もしないので、そのうちに喜びも冷めてしまった。彼はいつものように本心を妻に見せようとせず、多軸ネジ加工機がうまく作動したことをしゃべりたいと思いながら、それもやめてしまった。いつになっても妻の感情を自分とつなぐことは、新しい機械を作ることより難しく、無理にそうしようとしても「機械」が作動すらしないで壊れるかひどい音を立てるのだった。それぐらいなら、つらくても冷たい沈黙の中で時間を過ごして眠るほうがはるかによかった。ソクチュンは『切削加工便覧』を広げて覗き込んだ。数字と文章、グラフ、作業原理の図は、夏の日の芝生の上に座った時のように彼のささくれだった胸の中に柔らかく温かい感情を染みわたらせる。探求から生じるその温かい感情は、妻の愛情を失った彼の心のすきまを埋めてくれた。そのせいか、孤独の中で便覧の文章の中に分け入ってゆくこともつらくなかった。そうした努力は、横になっても眠れない長い夜に、寂しくなる自分を慰める友になるものだった。

　スニが彼のそばに近づいて来た。胸の前で両腕を組んで、挑戦的に机の横に近づいた。毎晩続いているこういう苦痛を伴う沈黙を、終わらせねばならないと心を決めたようだった。いつもならそれほど言うことも無いが、今夜は決着をつけるだけの根拠があるようだった。スニは机の上の考案証書を音を立ててつかみ、ちらっと一瞥して元のところに置いた。軽蔑に近い苦笑いを浮かべ、陶磁器の花瓶を持ってみた。表面に無造作に刻まれた磁器の花は、いっそうスニの不満をかきたてた。それを机の上に勢いよく置いたせいで、花瓶はおきあがりこぼしのように不安定に揺れ、ようやくバランスをとった。

ソクチュンは不機嫌な目つきで妻を見つめた。

スニは腕を組んで静かに尋ねた。

「こんなものを……報奨品としてもらうつもりであんなに苦労したんですか？」

「じゃあ、何か大きな物を期待していたのか？」

「国からくれるものはこんなものなのですか。どうしてあなたは、ふさわしいものをもらえないまま、仏様のように座っているんですか？」

「何をもらったらよかったのか？　洋服の布？　テレビ？」

「勲章だってあったでしょう。新聞にも出て……」

皮肉ったようなその言葉の中には、スニの本当の欲望が込められているようだった。

「君は、すごい空想をしていたんだな」

ソクチュンは厳しくひと言投げつけて、タバコに火を点けてくわえた。

スニの顔色は侮辱を感じてなのか、赤くなって声が高くなった。

「賞金をもらってトンムたちを招待して宴会をしたらいけないんですか？　あなたは考案がで

きなくて沈みこんで、毎日ぐったりして仕事に行ったじゃないですか。こういう機会に何かはっきりとしたものをもらって、人に一目置かれるようになったとしたら、悪いことでも起こるとでも言うんですか？」

「女が身のほど知らずに介入するなっていうんだ。自分の考案が国の工学技術発展に少しでも寄与できたことが確認できればそれで喜ばねば！　どうしても新聞に出て賞金や勲章をもらわないと気がすまないのか！　人に気づかれなくても自らの自尊心が、名誉や金銭より高尚だということがわからないのか」

スニは一瞬、言葉に詰まった。憤りとくやしさの感情が溶岩のように湧き上がったが、反論するだけの適切な言葉を見つけられなかった。

「やっぱり……あなたは展望の無い人です」

「なんだと」

ソクチュンの荒い息遣いとタバコの煙が二人の間の危うい空間を満たした。

「人をなんだと思ってるんだ！　え？　お前は夫を侮辱することはできても、僕の努力の結実を……神聖な目的にいいがかりをつけることはできない！」

「やめましょうよ。私はもうあなたとはこれ以上暮らせません」

「いいかげんにしろ。一緒に暮らそうなんて頼んでない。汚いやつ……さっさと出て行け」

ソクチュンはこぶしで机をどんと叩いた。その勢いで陶器の花瓶が躍り上がって一度ひっくりかえり、ごろごろと転がって床の上に落ちて割れた。ホナムが起きてわあっと泣いた。

「判事同志……。結局はこれまで争いの繰り返しでした。これ以上ひどくならないところまで来たんです。最後の争いでした。もう別れます。判事同志、お願いですから……」

ソクチュンは両手を合わせて力を入れてもみ合わせた。指の節が折れそうなほどぽきぽきと音を立てた。彼もスニに劣らず強く望んでいた。

「お二人が別れるのか、そのまま一緒に暮らさねばならないかは、法律が判決を下すでしょう。時間も無いいし、いくつか聞かせてください。ソクチュントンムは、以前は工場芸術団で素朴に歌を歌っていた妻が、今は虚栄心と優越感でいっぱいだと考えているが、妻の本質的な欠陥の一つがそれだと言うのなら、具体的にどんな例を挙げることができますか？」

「……」

「贅沢で派手な服を着て歩いて、ただ素朴な服装をして歩くトンムをばかにすることですか？」

「……」

「家庭に愛情を注いでばかりで世間知らずのまま世帯主としての役割をしているトンムを、工場大学に行かないからと人格を貶（おとし）めることですか？」

「……」

「帰ってちょっと考えてみなさい。妻が夫に要求することが本当に虚栄心から来るものなのかを。家庭という枠の中で見ず、社会的要求に照らして見てみなさい。トンムはスニトンムから真の愛情を次第に注がれなくなって暮らしてきたのだが……どうしてそんなことになったのだろう？　ソクチュントンムは恋愛時代や新婚生活の頃のように、いつも変わりなく妻を愛してきたのに、妻のほうはどうして愛情が冷めてしまったと考えますか？　これも虚栄心のために旋盤工の夫を見下げるようになったからでしょうか？　二つの問題が相互に関連をもっていると私は思います」

リ・ソクチュンはしばらくうなだれて座っていたが、身体を起こした。机に置いた帽子をつかんで深く被った。沈んだ様子で、帰ってもいいかと問うように判事を見つめた。チョン・ジヌは手を差し出して握手をした。

「数日後に私が工場に行きます。その時に答えを聞きます」

9

スニは劇場のホールの柱に一人もたれて、外を見下ろしていた。

ホールの中は静かだった。遠く二階にある練習室のほうから聞こえる歌声が彼女にはうるさく感じられたが、その声を避ける場所も無かった。

ホールの透明なガラス窓を通して、また別の暮らしの一部が広がっていた。劇場の後ろの空地の原っぱで数人の子供たちがボールを蹴っていた。ホナムと同じぐらいの歳の子供たちだった。よく見ると、みなよく知っている子供たちだ。ホナムの幼稚園の年長組の子供たちだ。幼稚園でもう勉強を終えた様子だった。青く静かな空が割れそうなほどの元気の良い歓声が、スニの胸に染み入ってきた。

ただいくら探してもホナムは見えなかった。カバンを背負ったままでどこに行ったのだろう？　あの子はもう友達とも遊ばないのだろうか。私のようにどこかで一人寂しくしているのではないだろうか？　最近のホナムは、だだをこねたりふざけたり、笑ったりすることが見られなくなった。家庭の不和が子供の胸に深い影を落とし、傷を残しているのではと考えると、スニは今にも泣き出してしまいそうだった。夫と言い争った時、息子まで煩わしくなって勝手に遊ぶようにといつも放っておいた。そのうえ子供が父親の性格に似ていて、父親のほうになついているのが、スニには気分が良くなかった。それで余計に子供の生活を注意して見ていなかった。ところが裁判所に行ってきた最近になって、心が弱くなり母性愛が急に強く湧き上がってきた。離婚すれば子供がずっと父親を失うことになると思うからだろうか？　それで子供がかわいそうになって、哀れに思う情と守ってやりたいという思いが高まったのだろうか？

急に、昨日の夕方のことが思い出された。

裁判所から便りが無いかと思い悩みながら劇場から帰ると、親戚のチェ・リムが家に来ていた。

チェ・リムはホナムに甘いあんこの入った卵パンをひと袋渡してやった。彼はスニに会えてほっとしたように見ながら言った。

「お前、顔色がひどいね」

スニは力なく、温かい床に座り込んだ。

「私が裁判所に行ってきたよ」

「それで？」

「ソクチュンも離婚をするつもりで判事に会ったそうだ」

「知ってる」

「判事がちょっと気難しそうな人だけど、今の状況なら大丈夫そうだ。離婚させてくれるだろう。なのにお前はどうしてこんな様子なんだ？　漬物みたいにぐったりして」

「……」

「本当に離婚するとなると、いろいろ考えるんだな」

「ホナムがかわいそうで。それに……」

「ソクチュンもかわいそうで？　お前のその乾いた安物の人情のおかげで、何年か前に別れておくものを決心できなかっただろう。気持ちをしっかりもつんだ。どれほどつらい生活を続けたら……」

ホナムはパンをもぐもぐと食べながらも、まっすぐなまなざしでチェ・リムを見ていた。

「発展しようという野心や知性も無い、そんな人間と一生を共に過ごしてもお前の身上ばかりだめにするんだ。お前はまだあまりに若い。才能も惜しい。裁判所に行った以上は、心構えをして生活を刷新するんだ。離婚したら私がソクチュンより十倍は良い人間を探してやるよ」

突然、チェ・リムはびくっとして口をつぐんだ。

ホナムがパンの袋を彼の足元にぱっと投げつけたのだ。卵パンが床の上に、石ころのようにころころと転がっていった。ホナムは口をとがらせていたが、きっぱりと叫んだ。

「うちの父さんの話をしないでください！　うちの父さんは悪い人じゃないです！」

当惑して顔が赤くなったチェ・リムは狡猾そうな微笑で、気まずくなったその場の雰囲気を取りつくろおうとした。

「ずいぶん態度が大きいな。礼儀がなってないぞ」

「ホナム。そんな態度とらないで」

スニは胸が詰まって息子の腕を引っぱりよせたが、ホナムはぱっと振り払った。

「帰ってください。パンを持って」

「お前は親戚もわからないのか?」

「親戚なのに、どうして母さんと父さんに一緒に暮らさないように言うんですか」

「それは……お前のお父さんが、お母さんとけんかするからだよ」

ホナムは言葉に詰まった。くやしくて怒りが収まらないからか、涙を浮かべてチェ・リムをにらんだ。今にもけんかをしそうに、小さな両こぶしを握りしめていた。

チェ・リムは幼い家庭問題の守護者とこれ以上対決してはいけないと考えたのか、そっとその場から立ち去った。

スニは自分の父親を激しく擁護する息子の前で涙が出た。

そのせいか今ホナムから永遠に父親を引き離すという考えが、彼女をいろいろな心配ごとの恐怖へと追い込んだ。息子が好きな川べりに釣りにも行けないだろうし、ゴムのピストルを作ってくれる人もいなくなるだろう。近所の子供たちにいじめられても母親に訴えねばならない。

子供は父親がいないと認識すればすれほど、萎縮（いしゅく）したような思いを捨て去ることができないままで他の子供たちと遊ぶだろう。娘ならともかく、父親のいない男の子は日ごとに母に数え切れない苦しみをもたらすかもしれない。スニは深いため息をついた。夫は自分に苦痛を与える人間だが、息子には愛情深い父親なのだ。スニはそれを否定できなかった。離婚すればあの人とは他人になるが、子供と父親の血縁を分かつことはできない。母親が息子をいくら温かく懐に抱いて保護したとしても、父親の懐の代わりにはならない。母親の愛情と父親の愛情は質が違うものだ。

スニは手で涙を拭った。弱くなる心をもちなおそうと、首を振った。それでも目の前に浮かぶ不幸の幻影は、簡単に引き下がらない。スニは首にほどけ落ちた髪の毛を肩の後ろに押しやり、ハンカチを出して化粧がまだらにならないよう丁寧に涙を拭った。

しばらくして悲しみが収まり、落ち着いた。スニは自ら自分を叱責（しっせき）した。こんなに強い心もなしに、何のために離婚訴訟の話をしたのか。そんな不幸を覚悟しなかったというのか？　ホナムを自分の息子のようにかわいがってくれる人が現れないものか。

スニは空地の原っぱで、結局ホナムを見つけることはできなかった。雨が降った日のように探し回らねばならないのかと思うと、すっかり心配になった。練習室からは、依然として女性重唱組の歌声が楽器の音と混じって聞こえてきた。城干郡（ソンガン）[21]へ移動公演に行く準備だ。

誰かがホールの階段を下りてくるかかとの高い靴の音に、スニは何気なく目を向けた。ウンミだった。ウンミはホールの柱の横に立っているスニを見ると小走りで近づいた。

「あんたここにいたの、探し回ったんだよ」

「……」

「芸術部の団長が探してる」

「私を？　どうしてだって？」

「わからない。でもあんた、どうして重唱組の練習をしないの？」

「私はあの歌が気に入らない。トンムたちとも音が合わないし……」

「重唱組のトンムたちを避けているのではないの？」

「ウンミ、あんたまでそんなふうに言わないで。あのトンムたちが私を嫌っているの、あんたが知らないとでも言うの？」

「そうじゃない。あんたの思い違いだよ。思い込みだよ。あんたは最近、すごく神経質になってる。オッキと話したんだけど、あんたが心を込めて歌わないから音程が外れるんだって」

「……」

「あんたがよくないよ。家庭の不和があるからといってトンムたちに冷たい態度をとって、アンサンブルも和音もうまく合っていないから、女性重唱がうまくいくわけない」

「もういい。やめて！　あんたも団長と同じことを言うんだね。私はそれでもあんただけは私の心情をわかってくれると信じてたのに」

スニは涙がわっと溢れた。劇場で親しくしていた最後のトンムまで遠ざかったと思うと、胸がきりきりと痛んだがもうとりかえしがつかなかった。スニは茫然と突っ立っているウンミを残して、急いでホールの階段のほうに向かった。しかしスニは階段を上がりきる前に立ち止まった。芸術部団長が階段の上から彼女をにらみつけていたのだ。静かで低い声ではあってもナイフのような問いが飛んできた。

「スニトンム、結局、裁判所に離婚訴訟の話をしたのですか？」

「……」

「トンムはつくづく我々芸術団に恥をかかせるんだな」

スニは唇をかんで悲しみに耐えた。

「トンムの問題はしっかり考えてみないといけない」

「私のせいで恥をかくというのなら、劇場から出て……行きます」

「出て行くって⁉　どうしてそんな堂々としていられるんだ？」

「……」

「結構だ。私が裁判所に行って来てから話し合いましょう」

芸術部団長は勢いよくスニの横を通り過ぎた。スニは本当に堂々としていようと、その場に立っていた。しかしだんだん勇気がなえてゆき、息子のことを考える時のように悲しかった。体中から力がふっと抜けるようだった。スニはホールの階段をようやく上がり、欄干をつかんだ。名状しがたい空虚と絶望が彼女を押し包んだ。親しいトンムも、歌も、俳優の仕事も、息子も……スニから大切なすべてのものが彼女を捨てて去ってゆくかのようだ。いや、去ってゆきつつあった。家庭の不和の代償は悲惨で大きなものだった。夫とまだ別れていないのは、単純に法廷で判決と実務的手続きを待っているだけではなかった。スニは自分がまるで道徳の秤に載せられているような恐れを感じていた。自分の家庭だが、家庭を壊すことは個人のことではなかった。家の近所や、周囲、職場の多くの人々が関心をもって見守る社会的なことだった。それでも何とか自分の望みをかなえようとすれば、女性に美意識と名誉をもたらす精神道徳的なすべてのものさえ失わなくてはいけないかのようだった。そして社会という大きな家庭から、追い払われるかのようだった。

だとすれば、夫とこのままた一緒に暮らさないといけないのだろうか？　スニは首を横に振った。たった今浮かんだそんな考えは、不安と絶望からくる思いから膨らんだものだろうと思った。罪を犯してでもいるかのような被害意識がそういう深みに自分を追い込むのだと。そんなふうに慰めてみても、心は落ち着かなかった。

21　朝鮮半島北中部慈江道の中部に位置する郡。

10

チョン・ジヌ判事は自分の部屋で、道芸術団の芸術部団長と向かい合って座った。

少し髪の抜けた頭に鋭い鼻筋と目つきの団長は、自責の念にかられてひと言ずつかみしめながら言った。

「判事トンム……お恥ずかしいです。人間を芸術で教え育てるという我々芸術団に、正しくない私生活を送るような女性がいるということを……なんと弁明しましょうか。スニトンムがそうなったのは、私たちに非があります」

彼はまるで、自分が離婚問題を引き起こしたように恥じ入った。

「スニトンムには、もともと優越感のようなそういうものが少しあったのを、歌が非常に上手なので傍観していました。工場から芸術団に最初に入って来た時にはおとなしい女性でしたが、だんだん技量が上がり、賞賛が増したものだから鼻が高くなったのでしょう。重唱組の団員たちの中で、スニの評判は良くありません。陰口を言う者たちがいるんです。トンムたちとうまく交流できない原因はいろいろです。独唱歌手という優越感に対して重唱組の団員たちがスニトンムに冷たい態度をとることもあるでしょう。でもどうやら長い家庭問題でスニトンムが穏やかでいられないことのほうが根本的な原因だと考えられます。夫の性格が気難しくて仕事一筋の、閉鎖的な人間だという話もあるでしょう。妻に、服装が派手すぎると文句までつけるそうですから……。いくらそうとはいえ家の中では女性が自分を抑えて広い心をもたないと。でもスニトンムにはそれができないんです」

団長は、ぴりぴりした声で話を続けた。

「うちの職場の同盟組織で何度か批判して個別にも忠告しましたが、どうにもならないようです。家庭が不和では劇場で仕事がうまくできるわけがありません。最近は練習もまともにしないので、歌の水準が落ちています。それで私たちはスニトンムを舞台に出演させていません。今回の城干郡(ソンガン)の移動公演にも送らないでおこうと思っています。これからどうしても良くならず……家庭不和に関しても周囲の声が大きくなるようであれば芸術団から外すことも討論するつもりです」

団長は短い時間に要約された内容を存分に披歴(ひれき)した。まるで病歴と傷を把握した医師のように診断と処方までためらいなく判断を下した。

チョン・ジヌ判事はスニの考えと状況を把握した今では、なぜかこの芸術団の役職者に不満を感じた。彼の観点と問題の処理の仕方が、スニを離婚という方向へとただ押し流していると しか思えなかった。家庭の不和という問題を、人格を貶(おとし)めてまで精神的打撃を与えるような方向に引っぱってゆけば、愛情のもつれやその他の避けられない事件まで引き起こしてしまうこともあり得るのだ。職業上、生活が崩れてしまうと、あの女性の虚栄心はさらに良くない方向に落ちてしまうだろう。

チョン・ジヌ判事は、しばらく机を軽く叩いていたが、重い語調で口を開いた。

「つまり……職場連盟でできることは全部やったということですね」

「……」

「最初は歌がうまいからといってちやほやして、至らないところが目立って来ると何度も攻撃して、今は集団の恥になるので、どこへでも行きたいところに行けと放り出して……団長トンム、どうですか、あまりに冷たいと思いませんか？」

芸術部団長の髪の薄い頭は、薄赤く上気した。

チョン・ジヌは言葉を続けた。

「スニトンムの私生活における落ち度と、歌手としての才能は別途の問題だと考えます。観衆はその歌手の生活の内情を知りませんが、彼女の歌をよく知って愛しています。観衆の愛情と歌に対する愛情までも失ってしまえば、スニトンムは非常な絶望に陥るでしょう。団長トンムもわかっているでしょうが、スニトンムのメゾソプラノ歌手としての抱負は大きなものです。夫との生活を否定する、その原因の一つがそこにあるほどです。そういうスニトンムを地方公演にも送らず、劇場からも追い出すとすればどうなるでしょうか。人生の本当の意味を葬りさることと同じではありませんか。家庭不和があるといって、女性にそのような精神的かつ人格的な処罰を与えることはできません。才能は人格の構成において重要な部分です。才能が花開くのを妨げることは、我々のほうで許容できません」

団長はハンカチを出して額に噴き出た汗を注意深く拭った。

「団長トンム、もう少し忍耐心をもって、団全体がスニトンムを温かく助けてあげるようにしましょう。私たちから見ると、スニトンムは夫との関係において、知性的な要求が高い女性です。しかしまだ社会の精神文化生活に貢献する芸術人としての真の使命としては、その知性的な要求を高めることができていないようです。才能もあり、時代を見るすべも知っている女性ですが、思想修養と志向との間にまだまだ矛盾と不一致を抱えているように見うけられます」

「判事トンム、ありがとうございます。まったく私が……もっと前から……家庭のある婦人で団員でもあるスニの家に行って、生活をしっかり理解して適切な方法を示さねばならなかったのに……」

芸術部の団長は自責にかられたまなざしでチョン・ジヌを見つめた。

11

太陽の光が差す真昼だったが、川の水は冷たかった。遠い渓谷から氷が解けた水が流れ下っている様子だった。

スニは石鹸を含ませた服をたらいの中から引っぱり出して、川の水でゆすいだ。遊びまわるホナムの上着と下着を、城干郡に移動公演に行く前に洗っておかねばならなかった。住宅街の水道場で洗いたかったが、女性たちの責めるようなまなざしと心無い言葉を耳にするのが嫌で川辺にやって来た。

スニは丁寧に洗濯棒で叩いていたが、気づかないうちにじっとひと所を見つめて考え込んでいた。芸術部団長に劇場から出て行くと自分から言っておいて、実は不安の中でその後の措置を待っていた彼女だった。しかし意外にも、何事もなく過ぎて行った。

裁判所に行って来た芸術部団長は、スニに対してそれまでのように家庭問題を追及してこなかった。善良な顔でスニに重唱組と一緒に移動公演に出る準備をうまくやってくれと伝えた。練習に集中すれば、帰宅する時間を別途にとってやるからたまった家事もしておくようにと温かく言ったのだった。

　スニは離婚問題に加えて、芸術団における人間関係のことまで重苦しく話に付け加えてこない団長がありがたかった。彼女は少し気持ちが軽くなって、石鹸水を含ませた洗濯物を川の水に入れてゆすった。冷たい水の冷気がすっかりしみ込んだ手がかじかんだ。スニは両手を合わせてもみ合わせてほぐしてから、洗濯棒を持った。

　ふとスニは、上流の川べりからバケツとシャベルを持って上がって来た、見知った顔の人物を見た。その人はまさに裁判所でスニが会った判事だった。判事はシャベルで川べりの砂をすくってみては投げ捨てた。スニは判事がズボンの裾(すそ)をまくりあげて裸足で川に入って行くのを見ると、身体がぞっとして震えあがった。彼女は判事が自宅のかまどを直すための砂を掘っているのだろうと思った。法官という人が砂を集めようとして冷たい水に入るのがおかしくもあり、不思議にも思った。建物補修班にいえば、判事の家の修理などすぐさましてくれるだろうに、ああしているのを見ると働くのが好きな人なのだろう。

　スニは無視して洗濯物を引き寄せたが、自然と川の上流が気になった。判事の行動を、つい子細に見てしまうのだ。

チョン・ジヌ判事はズボンの裾をまくりあげて水に入ったが、いくらも経たないうちに足がかじかみ、しまいには足首からとれてしまいそうに感じた。

それでも歯をくいしばって耐え、川の底の砂をシャベルにすくい上げた。次第に足の感覚が麻痺(まひ)するようだった。

彼はシャベルに砂をささげ持って川べりに出て来た。砂利交じりの砂は、思っていたようなものではなかった。鋳物(いもの)用の砂として使えるようではなかった。

彼はかなり失望して、水がさらさらと流れる川の水を眺めた。数年前に息子と一緒にわかめを川に洗いに来た時に見た記憶では、近くのこの川底の砂を非常に良いものだと思っていた。確かにもともとそれほど良い砂なら、とっくに工場で鋳物砂(いものずな)として採取していただろう。

チョン・ジヌはかじかんだ足をほぐしながら、しばらく立っていた。なぜか希望を捨てたくはなかった。彼はズボンとシャツを脱いだ。

川の土手の道を通り過ぎる人々が、パンツ姿でぞっとするほど冷たい川の水の中に入るチョン・ジヌを見て立ち止まった。何か、捕まえられそうな魚でもいるのだろうか、と好奇心を感じたようだった。

チョン・ジヌは下腹部まで水が上がるところに入った。息遣いが荒くなり気が遠くなりそうなくらい、歯ががちがちとあたった。全身の血がたちまち凍りつくようだった。シャベルで川底の石の間をかき探って砂をすくった。川の水に流されないよう、注意深く引き上げた。

チョン・ジヌはシャベルに半分ぐらいすくった砂を覗き込むと、知らず知らずのうちに軽い歓声を上げた。白くて柔らかいながら粒子がしっかりした砂だった。数年前に見たものと変わりない、そういう砂だった。

チョン・ジヌは手足が凍りつくような感覚を忘れて、慌てて水をまき散らしながら川べりに上って来た。バケツの中からふるいと背嚢(はいのう)[22]を取り出して、バケツの取っ手に長く紐をつけて首にかけた。大きなバケツは釣りの餌入れのように、チョン・ジヌの腹の前で滑稽(こっけい)にぶらぶらと揺れた。

川の土手の道で、誰か軽率な女の子がけらけら笑う声が聞こえた。

チョン・ジヌは人々が通り過ぎる道のほうにちらりと視線を投げかけると、平然として真っ赤にかじかんだ足を動かした。手足が冷気に慣れ、さっきよりは痺(しび)れていなかった。

彼はシャベルで砂を少しずつ選んではすくい、バケツに入れた。半分ほど満たすにもかなり時間がかかった。彼は川べりに出て来てビニール製のふろしきを広げ、水が交じった砂を入れた。かちかちになった足を手でもみほぐし、さすって血管が温まるとまた水の中に入って行った。そうして五、六回も繰り返して掘りだした砂をふるいにかけると、背嚢一つがいっぱいになった。

好奇心をもって見守っていた人々は、あきれたように首を横に振りながら行ってしまった。川辺にもある砂を、何のために深いところまで入って、まるで餅粉(もちこ)のようにきれいに集めるのか理解できないのだった。

　チョン・ジヌは濡れたパンツの上に急いで服を着込んで、重い砂の入った背嚢を担いだ。ふるいはバケツの中に入れ、シャベルと一緒に手に持った。水がしっかり濾されていない砂の入った背嚢は、いくらも歩かないうちにチョン・ジヌの背中をひりひりと冷たくした。

　チョン・ジヌは肩にくい込む背嚢をゆすり上げて苦労しながら歩いた。ソクチュンを心から助けてやりたくて始めたことだが、かえってなぜかいろいろなことを考え始めた。裁判所の実務的な業務、職能を超えて、過度なことをしているのではないか。前にもこれと同じような行動をしたために、訴訟担当の判事が無駄な苦労をしていると指摘された。チョン・ジヌはそういう見解に同意することができなかった。離婚せずに愛情が再生して幸福になれる家庭のためなら、何だってやるのだ。この砂を持っていけば、ソクチュンは判事の心情を理解するだろうし、また彼の考案に実質的な助けになればどれほどよいだろうか。操縦連結台というものを鋳造してしまえば、半自動旋削機も早く完成できるという。工場での仕事がうまくいってこそ、ソクチュンも心軽く家に帰れるのだ。新しい人間性をもって妻に接することもできるのではないか。人にとって家庭と職場は中身は違うものでも、感情、情緒でしっかりと結びつけられている。だから不和な家庭の和睦のための温かい雰囲気をもたらすのは、決して法官の職能外のことではないだろう。人間の道徳的で倫理的な感情が損なわれるのを防ぐことは、決して法の外のことではない。そう確信すると、背中が濡れることにも重いことにも耐えられた。

チョン・ジヌはしばらく歩くと、休もうとして歩道沿いの大きな木の幹にバケツとシャベルを立てかけ、背中から背嚢を引っぱり下ろした。こり固まっていた肩がふわっと浮くように軽くなった。タバコに火を点けてくわえ肺深く吸い込むと、身体の中にしみ込んでいた冷気が抜けて行くように温まった。

歩道のほうから手に本を持った一人の女性が何か考え込みながらこちらに向かって来た。チョン・ジヌのアパートの二階に住む鳶工の妻だ。娘時代から自分の将来を生徒たちに捧げて生きる先生。酒飲みの夫のためにあらゆる気遣いをし、雨の降る日の夜、傘を持って夫の迎えに行った時のようにセーターを着ている。質素で簡便な服装を好んで着るのだ。

彼女はチョン・ジヌを見るとうれしそうに微笑を浮かべ、立ち止まった。

「友人の一人が砂を必要としているので、とりに行って来たところです」

チョン・ジヌは自分の濡れたズボンの裾を見下ろしながら説明した。

「研究士の先生は帰っていないんですか？」

彼女はチョン・ジヌの困ったような表情をわざと見ないまま、話題をチョン・ジヌの妻に向けた。

「そろそろ気候が暖かくなれば戻って来るでしょう。それで、先生は誰か生徒の家に家庭訪問に行って来た帰りなんじゃないですか？」

チョン・ジヌはいきなり尋ねた。

「判事同志(トンジ)は……まるで見ていたようにおっしゃるんですね」

「先生が歩きながら何を考えていたのかも知っています。学校に出て来ない困った生徒をどうしたら正せるのか、考えているんでしょう」

チョン・ジヌは背嚢の紐を手に持つと、一息に力を込めて背中に背負った。女性が背嚢の底を支えてやる間も無かった。

「帰るところなので、私がお手伝いします」

彼女は木に立てかけておいたシャベルとバケツを手に持った。チョン・ジヌは遠慮したが、彼女はそのまま持って歩いた。しばらく静かに歩いていたが、まじめな語調で話し始めた。

「確かにそれに近いことを考えていました。道端で判事同志に会ったのが偶然の一致なのかもしれませんが……。うちの学級の困った生徒の家に行くたびに、私は裁判所がどうして離婚をさせるのか不満なんです」

チョン・ジヌはかなり緊張した。彼女は長い間心の中で考えて来たことを、言葉にしたのだった。

「チェ・ヨンイルというその生徒なのですが、今十三歳です。母親が義理の母です」

「え……チェ・ヨンイルですか？　十三歳？　その子の父親は誰ですか？」

チョン・ジヌは慌てて尋ねた。

「保護者がチェ・リムといって電気文化用品工場の販売課長です。もしかしてご存じですか？」

チョン・ジヌは砂の入った背嚢をゆすり上げ、女性教員のまなざしを避けた。あの販売課長を知らないはずが……。六年前のあの日の法廷がもう一度蘇った。深い山の中で、木と幼い姉弟を育てながら健全な家庭を夢見ていた女性、そばかすがいっぱいの頬に涙を流しながら家庭における妻の人格と尊厳を主張し、夫に抗弁していた女性、引き裂かれた姉弟……。彼女はちょうどその時の七歳の男の子について話しているのだった。

「ちょっと知っています。何年か前に会ったことがあります」

チョン・ジヌは何気ない話のようにほのめかしたが、顔が熱くなるのを抑えることができなかった。何か過去の過ちが明らかになったような、つらい心情だった。それでいながら磁石のように彼女の言葉に引き寄せられた。

「義理の母親は子供の父親より十歳も若い女性ですが、ヨンイルをちゃんと育てていないようです。ただ洗濯した服を着させてご飯を食べさせれば、問題ないと考えているんです。ヨンイルの勉強とかしつけとか成長は眼中にないようです。早く中学ぐらいは卒業させて職場に送ろうという目的しか無いのではないかと。そんなのは子供を育てる母親の心情ではないですよ。子供がもう六年もそういう義母の元で育ったせいか、成績や成長はいつも学級で後れをとっています。実際は利発で思索型の頭脳をもった生徒なのに……。その天性の個性が存分に開花できないのです。図画の時間に実際のバッタを見て絵を描いたんですが、ヨンイルは次の日、バッタを木で彫って持って来ました。バッタの足の関節部位なんかをどんなに上手に作ったでしょう。教員はバッタの輪郭を学習させましたが、ヨンイルはバッタが飛ぶ構造を把握しています。そういうことが時折あるのです。個性あるあの芽を上手に育てれば、工学技術者になれる生徒です。けれど昨年から少しおかしいのです。学校に来なくなって、毎日のようにけんかもして親たちから苦情がきたり……四日にあけず何かしでかすのです」

　女性教員の残念がる心情は、チョン・ジヌの胸に染み入った。

「判事同志……私は、確かにチェ・ヨンイルに対して教員として誠意をもって努力してきたつもりです。けれど学級の他の子たちをさしおいて、ヨンイルばかり面倒を見ているわけにはいかないと思いました。でも……」

　女性教員の顔には自責の悲しげな色が浮かんだ。

「先週の日曜に学校では春の遠足に行きました。生徒たちは宝探しや昆虫捕り、植物採集などをして楽しく遊びました。昼ご飯の時間に私は学級の生徒たちと一緒に草の上に丸くなって座って、食べるものを広げました。でも急に思いついて見回すと、ヨンイルがいないではありませんか。ちょっと前にはいたのを見たのに……。それであちこち探して川のそばの大きな岩の陰に座っているのを発見しました。私がそっと近づいてみると、ヨンイルが姉のヨンスンと向かい合ってご飯を食べているではありませんか。ヨンスンは弟より三歳上で、うちの学校に通っています。姉弟が家庭は違っても同じ学校なんです。ヨンスンは母親が作ってくれた餅とチヂミ、肉炒めと豆もやしのナムルを、弟に分けてやります。ヨンイルはしゃくりあげながら箸を動かすのですが、なかなか口に運べないのです。その横にはご飯とほうれん草のナムルだけが入った弁当箱があって、それがたぶん、ヨンイルの義理のお母さんが作って持たせたものでしょう。涙が出ました。私は岩のそばから離れ、川べりに座っていろいろと考えました。教員がいくら生徒のために心配して走り回ったとしても、肉親の愛情とは比べものになりません。そしてそういう幼い次世代を、肉親との愛情から引き裂いた両親は、避けられない事情がどうであれ、法的な妥当性があるとしても、子供らに罪を犯したのではありませんか。判事同志……裁判所ではどうして離婚を認めるのでしょう。大人たちの新しい生活、新しい幸福のためですか？　自分が産んだ子供、次世代の幸福をなくして、いったい父母のどんな幸福がありうるのでしょうか」

「……」

チョン・ジヌ判事は肩にかついだ砂の入った背嚢が、ずっしりと重くなった。全身が凍りついたようで寒気がした。はたしてあの時下した判決は誤っていたのだろうか。それでこんな案件が未決のまま残っているだろうか？　万一、離婚させなかったとしたら？　販売課長である夫の「人格」にふさわしいように、あの女性を従わせるべきだったのではないか？　そうだったとすれば、子供たちの境遇は今より良かったかもしれない。しかし山あいで木を植えながら一人で子供たちを育ててきたあの女性を、あか抜けた女性に「変身」させたとしても、販売課長と仲良く暮らすことはできない。彼らは知性の差異によって別れたのではない。販売課長が純朴な妻を人間的に蔑視し、家庭内で妻の地位が平等ではなく家政婦の境遇に落とされたからだった。十年という歳月を、健康と青春と苦悩を捧げて夫が勉学に励むよう支えてきたその女性は、自分の人生の価値、人格をそれ以上失うことはできなかった。人間としての義理に対する過酷な裏切りを、あの女性は耐えて見過ごすことも許すこともできなかった。

チョン・ジヌは六年前の法廷で、自分は正しく判決したと確信している。しかしこの教師からの訴えは正当なものであり、胸を刺すものだ。判決は正しかったが解決はできていない。法律的未決案件ではなく、社会道徳的な未決案件だ。新しい家庭の幸福、子供たちの健全な成長、法廷の外で客観的に営まれる日常生活から生まれてくる問題ではあるが、判事にも責任がある。その次に責任は離婚当事者たちにある。今現在、言い争いをしている家庭の夫婦にも警告しておかねばならない。チョン・ジヌ判事は、解決できなかったこういう事例が、他の離婚事件にも同じように繰り返されていると考えるといっそう胸が痛んだ。

彼の目には、ヨンイルではなくホナムが思い浮かんだ。雨水が落ちてくる軒先で咳をしながら身を縮めて立っていた男の子、雨に濡れながら背中におぶさってきたホナム、部屋の中にいた自分の汚れた足跡を見て、ためらっていた子供、天真爛漫な幼い心が恐怖と不安にさいなまされ、つぼみが花開く前に冷たい雨風に打たれるのは誰のせいなのか？　人に水が必要なように、子供には母親と父親の愛情がなくてはならない。だがその貴重な滋養のある果実を与えるべき父母は、どのように生きているのか？　彼らは子供に対する愛情が母親と父親の二人の間の深い愛情から生まれ出るものだということを、理解しているのだろうか？　それでも自分なりに子供を愛していると、子供は自分が育てると主張する。

　工場へ向かう分かれ道まで来ると、チョン・ジヌは立ち止まって女性に言った。

「ご苦労おかけしました。ここでこちらにください」

「これは家に持って行かれるのではないんですか？」

　彼女はシャベルとバケツを持ち上げて尋ねた。

「それはそうなんですか……」

「では早くお友達に砂を持って行ってください。これは私が家に持って行ってさしあげます」

　彼女は丁寧にお辞儀をして通りのほうに向かった。

　チョン・ジヌはその後ろ姿をしばらく見つめていた。セーター姿の平凡な、家庭を大切にし次世代のために全力を傾ける教師、祖国と未来に対して人として愛情をもって擁護しようとする高い精神の教師が遠ざかってゆく。

22　皮や布で作った背中に負う方形のカバン。

12

工場はまだ遠くに見える。

チョン・ジヌ判事は少し休みたかったが、退勤時間の前に工場にたどりつけないかもしれないと、疲れをそのままにして歩き続けた。砂の入った背嚢(はいのう)は次第に背中を圧迫し、背嚢の紐は肩にくい込んだ。濡れたズボンの裾(すそ)と靴には、道端の砂ぼこりが一面に黄色っぽくついていた。

「おや、判事トンムではありませんか?」

耳に馴染んだ太い声が彼に向かって飛んできた。

チョン・ジヌは旅行カバンを手に持った道工業技術委員会の委員長チェ・リムを見た。チョン・ジヌは背嚢を降ろして草の上に置いた。事件調査を締めくくるために彼が会おうとしていた人物だった。裁判所ではなく、こういうところで会ったのは偶然だったが仕方なかった。

チェ・リムはボタンを外した背広の裾をはためかせながら歩いて来た。淡い灰色に囲碁の石のような模様がついたネクタイは、ピンで固定されて身体が大きく揺れてもきちんとした形を保っていた。チェ・リムは、濡れた背嚢と、判事のくたびれた様子を驚いたようにちらっと見て怪訝な表情になった。

「どこかで水に落ちたんですか？」

「出張から戻ったところですか？」

チョン・ジヌは聞き返した。挨拶言葉すら柔らかくは言えず、砂を掘って来た理由を説明したくなかった。胸の中で彼に対する反感がうごめいた。

チェ・リムは判事の鋭い視線を避けるようにカバンを草むらに降ろした。

「駅からまっすぐ来ました。工業技術委員会に立ち寄らずに、家で出張の疲れをとろうと思ったんです。部署に電話をかけたら数日前に判事トンムが来て何か調べて行ったと言うじゃありませんか。それで裁判所にまっすぐ行って、判事トンムが工場に行ったらしいというので、こうして探しに来たんです」

ひどいことをしたやつはじっとしていられないというが、そのとおりだった。

「何をそんなに急ぐことがあるんですか。呼び出しがあってから来ても良かったのに……」

チョン・ジヌはそれとなく皮肉った。

チェ・リムはとりたててうろたえもせず、平然と応酬した。

「気になることを後回しにしてぐっすり眠れますか。さっさときれいに解決しないと」

「では尋ねましょう。委員長トンムは今回の考案品の評価事業のとりまとめをなさいましたか？」

「はい。資金の割り当てと商品明細の文書にサインをしました。判事トンムも来てそれを見たそうですね」

「考案品それぞれの内申書に書かれた技術の経済的な価値を認めますか？」

「時間が経たないとわかりませんが……だいたいは文書の内容で認定をします」

「残った資金を庁舎の備品の購入と、塀の工事に使ったのは事実ですか？」

「私たちでそのように調節しました」

チェ・リムは悪びれずに答えた。

チョン・ジヌは、この役職者が予想よりあつかましいことを知った。

「私たちとは？　他に誰がそういう結論を出したんですか？」

「私、ということにしておきましょう。でも判事トンム、それが何か間違っていますか？」

チョン・ジヌは憤怒でぐっと息が詰まるようだった。ともすれば自制力を失って大声を出すところだった。燃えるような喉（のど）を、渇いた唾液で湿そうとした。

「委員長トンム、ご存じのように国家では今回の考案品に対して……ふさわしい額で評価をしました。なのに委員長トンムは自分の思いどおりにそれを変更しています。国に多額の利益を与えるであろう考案者たちに、安物の陶磁器と証書を与えました。なぜそうしたのか、説明してください」

チェ・リムは懐を探って『銀の雫』を取り出したが、腹が立ったようにタバコの箱をまた懐に入れた。

「理由は二つです。評価業務に対して出された小切手には、私たちの新庁舎の備品と鉄の塀の工事資金も含まれていました。その分量調節が、やや多すぎたのかもしれません。もう一つの理由は、私たちは考案品の報酬を支払ったわけではなく、表彰形式で陶磁器や証書を授与したのですよ。意義のある表彰形式です。今後、その考案品が工場事業所で実際に効果を上げれば、該当する賞金をさらに与えることになります。しかし今回選ばれた技能工と技術者トンムたちは、報酬や金銭問題のようなものには関心をもっていませんでした。国に自分の創造物を捧げようという心一つしかない人間たちです。社会と人民のために献身的に働くところに誇りと生きがいを求める、そういう人間たちに国家資金を全額使う必要は無いんですよ。判事トンム、それで私たちは資金を庁舎備品と塀の工事に使ったんです。一銭も自分の懐に入れていません」

チェ・リムは自分の雄弁の論理性と説得力に自ら満足したように『銀の雫』をまた取り出し、ゆっくりとタバコを吸った。

チョン・ジヌ判事は憤怒が湧き上がり、チェ・リムの自信たっぷりな顔をにらみつけた。

「委員長トンムは誠実な人間たちの高尚な精神を、実にうまく利用しましたね」

「判事トンム、言い方に気をつけてもらいたい」

「利用したのみならず、彼らを侮辱し、人格を踏みつけています」

チョン・ジヌ判事は、言葉を槍(やり)の先のようにとがらせて攻撃を始めた。

「委員長トンムは、旋盤工リ・ソクチュンが多軸ネジ加工機を作るために捧げた血のにじむ努力を理解していますか？　彼が五年間どんなふうに生きてきたのか知っているのかということです。ただの一日も余裕のある時間を楽しむことすらできず、妻の愛情さえ失ってまで描いた数百枚の図面と部品を見ましたか？　工場で寝起きまでして、数十回にも及ぶ失敗の材料費を弁償し、労賃もきちんと受け取らず、探求の努力を積み重ねて考案に成功したことを知っていますか？　国家はまさにそういう人間たちの献身的努力と才能を大事にして奨励するために、政治的評価と共に手厚い物質的な評価事業を行っています。技能者、技術者たちが努力した分だけ、十分な生活を保障してやるのです。ところが委員長トンムは国家のそういう神聖な資金をかすめとって、自分の事務室に高級テーブルとソファ、安楽椅子を買いました。もともと計画にも無かったような家具の備品のことです。それが自分の懐に金を入れるのと何が違うのですか。トンムは公民の努力、誠実な人間たちの血と汗でできた果実を横取りしました。詐欺のようなやり方で、職権を乱用し、国の工業技術発展のために全力を尽くし、才能を捧げる人間たちに冷や水を浴びせました。トンムの行為は犯罪です。党の技術革命方針、経済政策貫徹に支障をもたらしたのです！　私はトンムの刑事責任を追及します」

「ああ……判……判事トンム、どうしてそんなことをおっしゃるのですか。備品なら他の部屋にも入れましたよ」

チェ・リムは顔を真っ赤にしてうろたえた。

「弁明はやめてもらいたい！　トンムのような人間は、当然、法的な制裁を受けねばなりません。共和国の刑法には、社会主義分配の原則に故意に違反し、公民が努力した代価と考案、発明品の評価を甚だしく誤った者は懲役に処すると明記されています。刑法のその条項はトンムの犯罪行為に該当するものです」

「そ……それがどうして私に……該当するというのですか」

チェ・リムの真っ赤な顔は、一気に力を失った。

「私はトンムの違反行為をまだ軽く考えていました。リ・ソクチュンのところの家庭不和の根本の原因は、もちろん彼ら自身にあるからです。しかし考案のために、数年間大事な一切のものを捧げて苦心してきたソクチュンを、あんなやり方で侮辱的に評価したあなたにも責任があります。技術者の人格を貶め展望の無い人物であるかのようにチェ・スニに思い込ませることで、もともとあった家庭の問題をいっそう煽り立てたのではないですか。トンムは人の家庭の和睦を妨害した罪についても当然、刑法上の責任を追わねばなりません」

チェ・リムは紙に描いたような笑顔を顔に必死に張り付けながら、言葉につかえた。

「判事トンム……私は……出張から戻ったところなのです。……何がなんだか……わかりません」

「ここに至って何がわからないのですか。ソクチュントンムはあなたにとってまたいとこの夫にあたるのでしょう。もしまったく他人だとしてもです。技術者の家庭なのだから、あなたの職分から見れば、当然助けるべきだったでしょう。あのトンムが考案がうまくいかず苦心しているのを知ったら、工場技術課と話をして便宜を図ってやり、勉強をするよう導くのが正しいことではありませんか。機械に対する評価事業より、労働者技能工に新しい技術を習得させ、より有能な技術者に育て上げるのが、あなたの仕事の本分ではないのですか」

「判事トンム……私は数日、ちょっと考えてみます……すぐ裁判所に訪ねて行きます」

「そうしてください」

チョン・ジヌは振り向いて砂の入った背嚢をつかんだ。この嫌悪すべき人間とこれ以上向かい合っていたくなかった。偽善と処世術に長けたチェ・リムの正体を暴き、逃れらないように糾弾したことで怒りが胸の隅から少し引いていくようだった。

カバンを持ったチェ・リムは肩を落として歩道へ歩いて行った。


鋳物場には黄色っぽい煙がたち込めていた。たった今溶かした鉄を鋳型に注いだ様子だ。鋳型の中でまだ固まっていない赤い溶湯[23]が、青い炎をちらちら見せている。時折火花がはじけ、砂型から付着した物質が燃える匂いが鼻をつく。

固まる鉄の異臭と熱い熱気がチョン・ジヌの顔に押し寄せた。溶銑炉の送風機と排風機が回る音がわんわんと響く。チョン・ジヌは砂の入った背嚢を下ろした。鋳物工たちの姿は見えなかった。空の取鍋[24]を運ぶ天井のクレーンも静かだったし、広い鋳物場の中のあちこちに鋳造した機械本体と鋳型が置かれていた。片隅には溶湯に真っ黒に焼けた砂の塊が積まれていた。退勤時間が過ぎたばかりのようで、鋳物場の中は静かだった。

　チョン・ジヌはひととおり鋳物場を探して、溶銑炉の前に一人でうずくまっているリ・ソクチュンを見つけた。ソクチュンは耐火レンガの上に座り、手のひらで顎を支えたまま何か考えに没頭していた。彼の横には長い取っ手がついた溶湯用の柄杓と、溶湯くずをかき出す柄振[25]と火ばさみのような道具が、乱雑に置かれていた。

　ソクチュンはそばに近づいたチョン・ジヌのほうに視線を向けることも無く、すっくと立ち上がると、溶銑炉の投入口を開けて石灰石のような粉末を二、三度投げ入れた。それからまた作業用手袋を敷いて、耐火レンガの上にうずくまった。溶銑炉の投入口から漏れ出る溶湯の光で、ソクチュンの顔はミカン色に染まった。つばが折れてぼろぼろになった帽子の端から、ほつれた髪の毛が無造作に突き出たソクチュンの顔に溶湯の光が映っていなかったら、あまりに憔悴して見えただろう。彼が着ていた作業服の肩と背中、襟首と帽子には、鋳物場のほこりが白く積もっていた。

「ソクチュントンム……どうして一人で座っているのですか？」

チョン・ジヌは優しく尋ねた。

ソクチュンは振り返ってチョン・ジヌを見ると、慌てて立ち上がった。彼はためらいながら説明した。

「そろそろ溶解工と鋳型工が出勤します。交代時間になるので……それまで私が溶湯を管理していました。溶湯の純度を合わせてみたいと思って……」

ソクチュンの目は落ちくぼみ、頬はげっそりして、年齢より老けて見えた。

「旋盤工に溶湯のことがわかるのか？」

「鋳物作業を何度もしたものですから、もう……」

「要領をつかんだんだろう。それで、操縦連結台の鋳物はまだうまくいかないのか？」

「微妙な部品なものだから、少しでも気泡ができたりひびが入ると使えません。砂も古いものだから、いっそう苦労させられるのです」

「私が砂をちょっと持って来てみたんだが、見るか？」

「判事同志(トンジ)がですか？　どこからですか？」

「使えそうなら教えるよ」

チョン・ジヌは向こうに行って、砂の入った背嚢を急いで持って来た。

ソクチュンは急いで背嚢の口を開け広げて、砂をひとにぎりすくいだした。彼は白くて柔らかい砂を手のひらに広げて、溶湯の光に照らしながら見た。それからソクチュンは振り向いて、判事の濡れてほこりだらけになったズボンの裾と靴を眺めた。

「それで、使えそうか？」

チョン・ジヌは心配を抑えられず尋ねた。

ソクチュンは手のひらの砂が、一粒でもなくならないように丁寧に背嚢に戻し入れてから立ち上がった。彼の目には涙がたまった。

「判事同志、とてもいい砂です。これを川から……」

「そのとおりだ。細い橋の下流の岩のある曲がり角で採取した」

「あそこは……水が深いでしょう……冷たいし……」

ソクチュンは胸を詰まらせているのか、話し続けられなかった。

「何を言うんだ……さっぱりしたよ。それで、結構使えるというんだな？」

「鉄道で運んできた鋳物砂（いものずな）より、見たところもっと良いようです。明日うちの作業班のトンムたちと一緒に行って、この砂をもっと掘ってきて鋳物に使ってみます」

「ほう、そうすると私の努力は無駄にはならなかったんだな」

チョン・ジヌは自分を慰めるように胸にたまっていたものを吐き出した。肩の荷が下りて、体中が温まるようだった。彼は砂の入った背嚢の上に座ってタバコとマッチを取り出した。川で身体を凍りつかせながら砂を選んでいた時から吸いたかったタバコだった。ところがタバコとマッチはすっかり湿っていた。ソクチュンがすぐにタバコの箱を差し出した。それから木の棒を溶銑炉の溶湯口に差しいれてから抜きだした。木の棒の先には火が点いていた。

「ちょうどいいな」

チョン・ジヌは笑いながらソクチュンの手から火の点いた棒を受け取って、タバコの火を点けた。

「ソクチュントンムも一本吸ってはどうか」

チョン・ジヌが勧めたが、ソクチュンは黙って笑うと耐火レンガの上にうずくまった。

二人はしばらく言葉が無かった。溶銑炉から漏れ出る強い溶湯の光に彼らの顔は赤くなったり、柿色になったり、蒼白くなったりした。溶湯の光が彼らの深い考えを浮きださせようと、変身させているようだった。

かなり時間が経ってからソクチュンが申しわけなさそうに、慎重に話し始めた。

「判事同志、こうして考案を手伝ってくださって……なんと言えばいいのかわかりません」

「私は感謝されたくて来たわけじゃない」

チョン・ジヌは溶湯用の柄杓を引き寄せ、つるつるに擦れた取っ手をさすってみた。

「ソクチュントンム……裁判所で私が尋ねたことを考えてみたか？」

「……」

「不満なようだな」

「……」

「だがトンムは、離婚を考える前に妻の虚栄心についてよく考えてみてほしい。妻に対する反感を先にしないで、それがどういう虚栄心でどうやって出て来ることになったか、客観的によく見る時がきたんだ。私はトンムが工場で長い間旋盤を回して考案をしてきて、手柄を立ててやろうというような功名心が少しも無いことに心から感動した。だが工場にいる時と同じような誠実さ一本だけで家庭生活を営むことはできない。家庭は小さいが、社会とつながったそれだけの世界があるんだ。昨日の感情を残して立ち止まるのではなく、新しい感情、情緒と理想を広げて変化し、発展する世界だ。だがソクチュントンムはどうだろう……十年前の旋盤工の頃目指したものと、今目指すものが同じだ。思想、精神生活も、文化、情緒的要求も変わりが無い。十年前のプレス工の娘に対する愛情をそのまま維持しようと苦労しているんだ。だが歳月が流れて、その娘は芸術劇場で名の知られたメゾソプラノ歌手として、精神文化的な面で大きく発展した。別な女性になったんだ。時代はまたどんなに前進しただろう。科学と技術、芸術が発展し、社会全体のインテリ化が急速に実践に移されている。ところがトンムは時代遅れの牧歌的愛情にしがみついて、妻との間に火種を抱えている。古いどんよりとした生活の基準で妻を測ろうとしているのだ。そういった変化に背を向けて自分の技能と経験だけでもがいているから、考案もうまくいくはずがない。もし妻のいうとおり工場大学に通っていたら、今ごろ技師になってたくさんの技術知識で武装して、そういう考案に五年もかからなかったのではないだろうか」

ソクチュンはつばの折れた帽子を脱いで手でしわくちゃにした。

「時代を見通せない近視眼的な目で、妻の華やかな服装や生活と工場大学のことを見れば虚栄心や優越感としか考えられないだろう。スニトンムの虚栄は、ソクチュントンムの目指すべきものや精神生活が停滞していることに対して生じたものなのではないか。それははたして芸術人の虚栄だろうか……。今の時代に家庭という小さな社会の中で若い女性がそういう要求をもつのは間違ったことではなく、時代が要求する高い精神文明に対する渇望から出てきた必然的なものだと私は考える。法律的言語で錯誤といい、社会用語では一種の保守性といえる。その保守性が妻の優越感を悪い方向にばかりもっていくんだ」

ソクチュンの大きな手のひらでくしゃくしゃになった帽子は、どこか雑巾のように見えた。

「とすると、ソクチュントンムにも優越感が無いだろうか？　いやあるはずだ。ごく偏狭な優越感が見える。自分だけが工場と社会のために献身的に働いて考案していると考えながら、妻を軽蔑し冷たい視線を向けている。だがトンムは、メゾソプラノ歌手の妻が歌によって、人々に高尚な感情を与えてくれていることを知らねばならない。トンムの妻は社会の文化的価値、芸術を創造している女性なのです」

ソクチュンはにぎりこぶしで額を支えたまま身動きもしないでいた。溶湯の光が映った彼は、真鍮(しんちゅう)で鋳造した人形のようだった。

チョン・ジヌはソクチュンの手から帽子を奪い取り、手のひらではたいてほこりを落とした。

折れたつばをまっすぐにし、皺も伸ばしてソクチュンの頭に被せてやった。

「ソクチュントンムは妻を利己的だと言ってひどく攻撃したようだが、それは大した問題じゃない。数年間共に苦労して考案した夫の仕事を我が事のように考えていたからこそ、ああいう評価に対して反感をぶつけたんです。夫として、家庭経済の責任を背負っている妻のそういう気持ちは理解できるでしょう。人々に夫を心ゆくまで自慢したい妻の気持ちは、真実の愛情からのものです」

「……」

「ソクチュントンム……私は判事としてより、年上の友人として忠告したい。今からでもこの時代の青年らしい情熱と進取の精神をもって自分の魅力を開発してほしい。まじめな老技能工としてではなく、知識と技術を備えた洗練された青年技能工らしく、見た目からちょっとは格好をつけて歩きたまえ。工場大学にも行って、日曜には息子を連れて劇場に行って、妻が出演する芸術公演も観覧して……。こういうことをうわべだけの生活だと考えるのは、恥ずかしいことです。そんな保守性とは決別するんだ。公演に行って、そこでまた会おう」

ソクチュンはまるで顔に傷を負ったように、ほこりまみれの手で顔を覆っていた。ぎゅっとつぐんだ分厚い唇は、恨みに近い何か鬱憤を抱いたように痛いほどかみしめられていた。欠点を認めるにはこれまでの経験と苦痛があまりに大きく、妻に対してこれまで感じた憤怒もふっつと蘇るのだろう。

チョン・ジヌ判事は、ソクチュンのそういう鬱憤は長くは続かないだろうと考えた。彼には率直で実直で男らしい人間味と意思がある。それがない人間は、絶望と自暴自棄で平凡な自分の職務さえやり通すことができない。こういう家庭の不幸を抱えたまま、考案という公民の義務を遂行しようと努力することさえできなかったはずだ。

「ああ、これは判事トンムではいらっしゃいませんか。またいらっしゃったんですね」

おおらかに言いながらこちらに来るのは施設整備員だった。彼は取っ手がついた鍋を持っていた。

チョン・ジヌとソクチュンは立ち上がって彼を迎えた。

「受け取れ」

施設整備員はソクチュンに鍋を差し出した。

「お前が鋳物場にいると言ったら、私の老いた親が炊いてくれたよ」

ソクチュンは恥ずかしそうに顔を赤らめ、飯の入った鍋を受け取って耐火レンガの上に置いた。彼は、香ばしいクッパの匂いが漂う鍋をしばらく見ていたが、申しわけないように言った。

「老技能工……今日からは決まった時間に退勤します。家に帰って……」

ソクチュンは唇をかんで、言葉尻を濁した。

施設整備員はチョン・ジヌ判事をじっと見つめた。二人の視線には、意味の深い微笑が行き交った。

「うん……そういうことなんだね」

施設整備員はことさらに声を大きくしてその申し出を聞き入れた。

「タバコでも一本くれ」

施設整備員は耐火レンガの山に足を投げ出して座り、ソクチュンがうやうやしく差し出すタバコの箱から一本を取り出した。

チョン・ジヌはさっきソクチュンがしたように、木の棒を手にとり溶湯の投入口に差し込んだ。しばらくして抜きだすと、棒の先がいつの間にか溶けてしまっていて火は点いていなかった。施設整備員が笑いながら忠告した。

「判事トンム、すばやく抜かないと」

チョン・ジヌはやり直した。木の棒には一瞬で、マッチのように火が点いた。

23 鋳造に使う溶かした金属。
24 鋳造で、溶湯を運んだり、流し込むために使われる耐火素材の容器。
25 長い柄の先に横板をつけた道具。物をならしたり、かき集めたりするのに使う。

13

数日後。

チェ・スニは裁判所を訪れた。何かためらわれるのか廊下でうろついているのを、訴訟担当の判事が見かけてチョン・ジヌの事務室の扉を開いてやった。

チョン・ジヌは見ていた文書を横に押しやった。

スニは戸口にためらいながら立っていたが、チョン・ジヌ判事が柔らかい言葉で何度か招き入れるとようやく入って来た。力なく垂らした両手を身体の前でつなぎ合わせ、寒そうに身体を縮こまらせた女性は机の前の椅子に注意深く座った。

チョン・ジヌは書類の箱から『チェ・スニ離婚文書』の綴(つづ)りを取り出して机に置き、彼女の言葉を待った。顔色を見ると、この前のように家庭生活と夫を激しく否定しつつ要求を突きつけてくる様子ではなかった。しかし生活と人生の目的を放棄したような絶望的な様子が、むしろ不安を感じさせた。スニの目はどこか息苦しいほどの訴えを秘め、目の周りには睡眠不足の青い隈(くま)ができていた。

チョン・ジヌはスニを裁判所に呼びよせなかったことを後悔した。間違いなく、自分から再度来るだろうと思って待っていたのが間違いだった。よくはわからないながら、先日以降、スニは芸術団の組織から何かしら言われただろうし、夫の変化した態度や生活にも直面しただろう。よじれた古い蜘蛛の巣のように混乱した感情の渦の中で悩んで、あれほどやつれたのだろう。チョン・ジヌは不安な思いでスニの心のうちを探った。

「判事同志(トンジ)」

スニは姿勢を正して礼儀正しく話し始めた。

「判事同志が私の家庭を回復させようと努力してくださったこと……本当にありがたく思います。ですが……私は続けることはできません。私の過ちが大きいんです。それで私は離婚して……」

チョン・ジヌ判事は文書綴りに目を落とした。

「スニトンムは、組織の忠告を心から受け入れていないようですね……」

「私の過ちは認めますが……それは夫との生活を続けることとは別のことです」

スニの目には涙がいっぱいにたまった。

「ホナムの父親がまた前のような態度をとるんですか?」

「何の意味があるでしょうか。こぼれた水なんです。離婚もできずに人の目にさらされて恥ずかしさで胸が焼けつくようでたまりません」

鬱憤から湧き出た涙がスニの頬を伝って流れ落ちた。

チョン・ジヌは文書綴りを伏せて立ち上がり、部屋の中を歩き回った。

彼はスニのそばで足を止めて、低くはあっても厳しい声で言った。

「スニトンムのところの家庭不和は、離婚で解決すべき性格の問題ではありません。私が予測してみせましょう、離婚裁判をしたところで、訴訟費用ばかりかかって棄却されます。法律的根拠が不足しているので」

「判事同志はどうして私の言うことを理解してくださらないのですか」

スニはむせびながら訴えた。

「落ち着いてください。スニトンム……私はトンムの家庭の不和を客観的に調査する過程で、間違いなくトンムに、家庭を睦まじく営んでゆく知性的な準備と人格が備わっていると考えました。ところが残念なことに、そういう期待と信頼が崩れるんです。トンムの理想はどこか自分のためだけにとどまっていて、現実にしっかりと足を着けていないのです」

「……」

「夫に対する精神的な要求を道徳的に、慎重に考えてください。夫が時代の感覚からとり残されて愚直で融通の利かない人間だったとしても世帯主であり、ホナムの父親です。だから夫婦間の義理を最初に結んだ時の汚れなく純朴な愛情を捨て去ってはだめなのです。それを大切にして、そのうえに時代の精神生活がもたらす新しい感情を重ねて、愛情の塔を積みあげてゆかねば。ところがスニトンムは夫を否定して、娘時代のふるさとの山村の川辺で出会ったソクチュントンムまで捨ててしまった……」

スニはしゃくりあげた。

チョン・ジヌは机のそばに立ち止まった。苦しむ彼女を見ながらも、心の内側で人間的、道徳的な義務感につき動かされた。

「スニトンムは旋盤技能をソクチュントンムから学んだのでしょう。工場の素朴な作業班の労働者たちが、歌の上手な旋盤工であるスニトンムを大切にして愛してくれました。油が染みて鉄くずの匂いがする作業班の人々の祝福の中で結婚をし、住まいをととのえました。歌の真実の感情も、その旋盤工時代に育まれたものです。工場はトンムを歌手に推薦してくれました。ところが今になって自分を愛してくれ、育ててくれた根を忘れてしまったのではないですか。だから芸術団の人々との間にも、次第に壁を作ることになったのかと」

スニはいっそうしゃくりあげた。

「トンムは優越感をもっているようです。それが度を超えるとおごりにつながることを自覚しないといけません。トンムから歌手という党の信認を取り去ったら、何が残りますか？　もっとも近くにいるトンムである夫に対する義理を捨てた女性が、夫が大学を卒業し技師になって技術役職者になったとしても、はたして夫と仲睦まじくできるでしょうか？　生活のリズムが合うのかということです。人の知性と人格は決して職位と職業や、資格、見た目のようなところから出てくるものではない。党が打ち立てた崇高な目的のために、闘い生活する、そういう人生観を所有する人間が真に高い知性をもち、人格者だということができます。スニトンムも苦しいでしょうが、そういう鏡に自分を映してみてください。芸術に携わっているからといって、歌を歌う歌手だといって、ただちに高尚になるわけではありません。労働する人たちのために歌う歌の感情を自らのものとするためには、血のにじむ努力が必要でしょう? 正しい価値観、人生観をもって夫と愛情のある生活を送れば、トンムの目指すものはより美しい現実になるだろうし、家庭は睦まじくなるのです」

スニは自分の価値を細かく分析する判事の前で、抗弁する論理も勇気も失った。

チョン・ジヌは机の前に近づいて座り、『チェ・スニ離婚文書』綴りを押しやった。しゃくりあげる女性の前では出番がなさそうだった。

チェ・スニは泣きやんだ。顔を上げられないまま、手提げカバンから模様の美しいハンカチを取り出して、涙と化粧がまだらになった顔を丁寧に拭った。鼻水をすすり、長いため息をついた。椅子を注意深く後ろに下げて立ち上がった。顔を伏せ、後ろを向いて出て行こうとした。

「挨拶も無しですか?」

チョン・ジヌは彼女が物事をきちんと考えられない状態であることを知っていながらも、柔らかく声をかけた。それは礼儀も知らないで部屋を出るのか、と言いたいのではなく、何か新しい出発を期待する問いかけだった。

スニはぴたりと止まったが、礼儀を忘れていたということを本当に理解したのか、うなだれた頭をいっそう深くうつむくことで挨拶の代わりにした。

涙に濡れた目は腫れているようで、顔は白かった。

「スニトンム、今度の日曜はどう過ごすんですか？」

「気が向いたまま一日過ごすでしょう。私は明日、朝の列車で城干郡に向かいます。移動公演がありますから」

チョン・ジヌは芸術部団長が自分の勧めを受け入れたことがうれしかった。

「いつ帰ります？」

「金曜にそこの労働者会館での最終公演が終わるというので、土曜に戻るでしょう。でもどうしてお尋ねになるんですか？」

スニはとがめるようなきっぱりした口調で聞き返した。

「日曜が五月十日だから聞くんです」

チョン・ジヌは暦を見ながら話を続けた。

「トンムとソクチュントンムが結婚した日じゃないですか。十年前に」

ドアノブを握ったスニの手が、力なく下ろされた。

蒼白な顔に後悔の影が次第に広がった。彼女は判事の人情深い目を避けて板張りの床の一か所を見つめた。瞳にまた涙がたまった。

「その日が……そんな……日はまっとうな家庭であってこそ……」

「私がその日、家に行ってもよいでしょうか？」

「いらしてください……判事同志がいらっしゃるというのなら……」

「いや、私はトンムの家に判事としてではなく、友人として遊びに行きたいんです。ホナムは私を友達として喜んで迎えてくれますよ。ははは」

チョン・ジヌの冗談と笑いは、スニの表情を明るくすることはなかった。

チョン・ジヌはスニに扉を開けてやった。

「では移動公演で成果を上げて戻ってください」

スニは何も答えずに出て行った。裁判所の廊下にかかとの高い靴の音が遠くなると、すっかり静かになった。

チョン・ジヌは全身から力が抜けるのを感じた。喉(のど)がしわがれた。一種の空虚感のような疲労が襲ってきた。彼は保温瓶から湯を注いで飲み、肘掛(ひじか)けの覆いがすっかり擦りきれたソファに身体を沈めた。目を閉じていると、ソクチュンのところの家庭生活が自分の家庭の過去の生活と対比的に思い出された。妻の研究を支えてやり、家事をするたびにどれほど不満をもっただろうか。包容力と愛情もなく、失望をあらわにして無関心に接した時は何度あっただろう。

チョン・ジヌはなぜか妻が恋しかった。

遅い霜も過ぎ、気候が暖かくなったから妻はもしかしたら今日、連壽平(ヨンスドク)を発(た)っているかもしれない。勾配の急な数十キロの山あいの道を、一日に一度通るバスを逃したら貨物用の車に乗せてもらって来るだろう。大きく揺れ、ほこりの立つ荷台で、顎の下にハンカチを結んでうずくまり、何を考えているだろうか。夫の前で研究の大変さを一度も漏らしたことのない妻だから、おそらく時には心の弱ることもあるだろう。頭の上に、青い空と共につらなる高い山の頂、うっそうとした混合林、山の崖のはるか下に見下ろせる川筋、霧のかかった険しい尾根、それらは毎回豊かな情緒と高山に特有の美しい風景としてのみ迫って来るばかりではないだろう。よく通った道だから新鮮味もなく、長くも感じられるだろう。時間と道のりが早く過ぎるようにと、目を閉じてうたたねに身体を預ける。だがでこぼこの山あいの道は荷台をじっとしておかず、乗客にはごく短い眠りも許さない。妻は何を考えているだろうか。娘の頃にその道を初めて通った時に感じた浪漫と抱負を回顧するのだろうか。前進の遅い研究についての失望を感じるのだろうか、不満が無いわけではない夫に、家と苗種を預けてきた心配も大きいだろう。

　これまでそうやって連壽平から戻って来た妻を、どんなふうに迎えていただろうか。生活の惰性で、時には黙って冷たく迎え、必ずしも夫がしなくてもいいはずのけだるい仕事をしたという本音をあらわにしたこともあっただろう。怒ることもあった。それでも妻は優しく笑って何も言わずにたまった家事をこなしていた。そういう妻に不満をもつとは。

　電話がりんりんと鳴った。

チョン・ジヌは受話器を上げた。道工業技術委員会のチェ・リムだった。判事の機嫌をとろうとする、礼儀正しい声が電話線を伝って響いた。

「判事トンム……部屋にいらっしゃいますか？」

「います。ちょうど呼ぼうとしていました。裁判所にすぐおいでなさい」

チョン・ジヌは事務的に言った。

意気消沈したような、いっそう卑屈さを帯びたチェ・リムの声が受話器の振動盤にしみ込んだ。

「行きます。判事トンム、私は何日も眠れてないんです。私が間違っていました。罪を犯したということを自覚するほどに眠れなくなるんです」

チョン・ジヌはひと言言ってやりたくなるのをこらえた。国の技術発展に支障をもたらし、公民の誠実な努力の価値を踏みにじって、数日の間夜眠れなかったことくらいで贖罪(しょくざい)しようというのであろうか。

「判事トンム、私は法の前で過ちを本当に感じています。今朝、私の事務室をはじめとして違法な資金で買った家具備品を庁舎からすべて片づけました。それから……鉄の塀はやめて、ブロックを作って……」

「委員長トンム、電話で自分のした行為について弁明をするんですか？」

「そういうわけではありません。すぐ伺います」

チェ・リムはうろたえながら答えた。

チョン・ジヌ判事は受話器を置いて考えに沈んだ。チェ・リムの違法行為について、今日は処分を決めねばならない。どうやらチェ・リムの行為は過失による犯罪行為として対処せねばならないようだ。彼が故意に国家にそのような損失を与えたとすることはできない。役職者として国の技術発展に無関心で、権力欲の手段として技術を考え、考案者たちの努力を自分の功名を立てるのに利用した。まだ真摯(しんし)になれず偽善的なところはあるが、自分の違法行為に気づき急いで正そうとしている。チェ・リムにとってそういうことが初めてなだけに、今裁判所に来て本人が過ちを深く悔い改心するとすれば、刑事的責任の追及は寛大に配慮することになりそうだ。チェ・リムの上級機関に彼の行為に対する資料を申し送り、行政的処罰、あるいは規律的処罰辺りを提起するのがよいだろう。

第三章　家庭

14

チョン・ジヌ判事は夕方も遅くなってチェ・リムとの面談を終えた。彼は長い時間をかけて、チェ・リムが自分の不法行為の国家的、社会的な重みと損失を骨身に染みて感じるよう、法的論拠を立てて厳しく言いきかせた。

霜に打たれた菜っ葉のように意気消沈したチェ・リムは、この後また上級機関の検討の対象となり、何らかの処罰が下されるかもしれないと知ると、深いため息をついて何の意見も述べなかった。彼には意見が言えるわけがなかった。刑法上の責任を問われないことだけでも幸いなのだった。

チョン・ジヌ判事はチェ・リムを戸口まで送ってやった。

チェ・リムはドアノブを握ったまま扉を開けもしないでぼんやりとした目で判事を眺めた。その沈鬱(ちんうつ)なまなざしは、もっと寛大な何らかの措置を望んでいるわけではないようだった。

「判事トンム……一つお伺いすることがあって。私が過ちを犯したことをスニに言いますか？」

「スニ夫婦は、自分たち自身に不和の原因があると思っています。だから自分で二人のところに行って自分の非道徳的行為を話して謝罪なさい」

チェ・リムは肩を力なく落として出て行った。

チョン・ジヌはチェ・リムが裁判所の庭を過ぎ、チョウセンモミノキの公園を抜けて遠くなってからも、そのまま戸口に立っていた。怒りを向けられるべき人間の運命を適正に処理したにもかかわらず、心は苦しかった。ふと、チェ・リムが初めてこの部屋に現れた時の姿が思い出された。彼の顔や身のこなしのすべてから漂っていた自負と権威と高慢さは、本来の仕事とは何ら関連の無い、どこまでも中身の無いうわべだけのものだった。なぜそんな人間が出てくるのか。国の経済発展において技術こそが生命線のように貴重だという厳然たる真理を尊重しない。そういう人間がまだ中身の無い威勢を張りながら技術部門の行政職位に座っているのだ。自分が受けている待遇と生活費が、国の数百万の技能工、技術者たちの探求的努力の対価として生みだされていることを理解しているのだろうか。

チョン・ジヌ判事は店のネオンが灯り始めた通りに出た頃、ようやく憤りが少し収まった。

周囲には黄昏(たそがれ)が広がっていた。微風が木の葉の間から清らかで澄んだ香りを運んでくる。街路樹に芽吹いたばかりの葉が、ネオンサインに照らされている。アパートの窓灯に照らされた車道に水の運搬車に続いてバスと乗用車、商品を載せたトラックが軽快に走る。

歩道の石の舗装の上には、それぞれの夕方の生活の目的に向かう人々が慌ただしく行き交う。悩みも憂いも無い楽観に満ちた顔であり、力強い歩みだ。考えにふけりながらゆっくり歩く人たちもいる。生活の満足と倦怠(けんたい)からもたらされる余裕に満ちた表情もある。熱情と確信に満ちた人たちより、彼らの身のこなしはゆっくりで、歩みはどこか堂々としていて思い上がっているようでもあるが、この山間都市に暮らす幸福な微笑は共通していた。

「こんばんは」

横から親切な声が聞こえた。

チョン・ジヌは振り向いた。

彼のアパートの二階に住む鳶工だった。生徒たちに対する真の愛情をもった女性教員の夫、良い家庭関係を保っている愛酒家。彼はたっぷりとした褐色の服を着て、弁当箱が入って膨らんだラウンドファスナーのカバンを脇に抱えていた。眉毛の上まで日除けが垂れ下がった帽子のへりの下から、硬い髪の毛が弾力をもって飛び出ていた。労働で鍛錬され、盛りあがってしっかりした肩、太い首、額と口の周りに誠実な労働の痕跡のようにできた印象の良い皺、若者のように精彩を放つ目。鳶工からは、肉体労働の心地よい疲労が見てとれ、野外の仕事の新鮮な香りが漂う。

「仕事帰りですか？」

チョン・ジヌが尋ねた。

「一日の仕事を終えました。天井クレーンを問題なく取り付けたんですよ。判事トンムは何をそんなに考え込んでいるんですか？」

「……」

「離婚の申し立てがあったんですね」

「まあそうですね」

「判事の職業とは難しいものでしょうね。仕事が終わった後も、頭の中から仕事が離れないのですから」

そして、鳶工は心から心配して尋ねた。

「最近も夫人は出張に行っているんですか？」

チョン・ジヌは口元にうっすらと笑みを浮かべてうなずいた。妻が彼に家事を任せて出張に行くことが、最初の頃はアパート中の話題になっていたが、その後は挨拶代わりになってしまった。同情と感動が混ざったその問いが、ある時は耳障りだったが、今日はなぜかありがたく聞こえた。妻があれほど苦労しているのが連壽平（ヨンスドク）に野菜を豊かに育てる仕事で、新しい天体を発見するぐらいに重要な仕事に思われた。

「判事トンム、一杯やって帰りませんか？」

鳶工の誘いに、チョン・ジヌは視線を上に向けた。ガラスの壁が緑色のネオンサインで彩られた立ち飲み屋が前方に見えた。中では数人がカウンターに肘をついて、コップ酒を傾ける。

「まっすぐ帰りましょう」

チョン・ジヌは応じなかった。

「家に帰ったところで夫人もいなくて侘しいのに、コップ一杯やりましょう」

盃一杯と言っていたのがすでにコップ一杯の分量に増えている。

チョン・ジヌは鳶工の太い腕をつかんで引いた。

「夫人が毎日心配してアパートの外で待っているのが気にならないんですか。担当の学級の子供を心配するだけでも大変なのに」

鳶工は仕方なさそうな笑みを浮かべた後も、足を止めたまま立ち飲み屋のほうを振り返った。タバコをくわえるとひそかに自慢の混じった愚痴を言う。

「判事トンム、ごらんのとおり私は体格が良いでしょう。なのにうちの妻は……具合が悪いのに私が酒を飲むって文句を言うんです」

「それが妻の愛情です」

「ああ、どんなにうんざりか……。最初はちょっと威張って言い返してみたんですが、効き目がありません。文句がもっと長くなるんだから。それで今は黙る路線でいっています。楽ですよ。にわか雨というものはひとしきり降ったら降りやむものですから。晴れになるんです」

「また飲むっていうことですね」

「判事トンム、妻というものは法律とは違って寛容力もあり包容力もあるんです。今日は飲まないと誓って明日また飲んできても、ため息をついて許してくれます」

「私はトンムのところの家庭が、とても仲が良いとばかり思っていましたよ」

「仲が良くないでしょうか？」

鳶工が問い返した。

チョン・ジヌは柔らかく言った。

「妻にそんなに苦労をかけたら、教員としてどうやって生徒たちを導き、愛情を注げるでしょうか」

鳶工はチョン・ジヌの顔を、怖そうにちらっと見た。

「夫人がうわべではため息をついて許してくれても、内心ではどんなに涙を流しているでしょうか。夕方にはお酒も飲まず勉強もして、新しい技術の探求もして、すこやかに生活していた結婚したばかりの頃を思い出していることでしょう。そのころはこれほど酒を飲まなかったでしょう」

鳶工はズボンのポケットに手を入れたまま、うつむいて歩いて行った。同行者を忘れたように深く考え込んで歩いていったが、突然背筋を伸ばして大声を出した。

「私にとって酒は人生の全部ではありません！　そんなもの、やめられないわけないんだ！」

鳶工はいっそう速く歩いた。

チョン・ジヌは微笑を浮かべた。荒っぽい鳶工の態度がむしろ気に入った。

若い頃の人生の目的を、酒にすっかり溶かしてしまわなかっただけでも幸いなことだ。

「だからといって怒らなくてもいいでしょう。一緒に行きましょう」

チョン・ジヌは鳶工を追いかけた。

鳶工は沈鬱な顔で地面ばかり見て歩く。脇に抱えた弁当カバンがずれて、落ちそうになった。チョン・ジヌはカバンを脇に押しこんでやった。気分が落ち着かなくなった。つらい仕事を終えていい気分で帰ろうとしていた鳶工の胸を痛ませたのではないかと、ひどく後悔した。

「私がトンムの家庭問題に軽率に干渉したようで……わかってください。職業的な習慣を抑えきれず、時々他人の私生活に法的な深刻性を見いだしてしまうのです。私のそういうくせのために、私から遠ざかったトンムもいるほどです」

鳶工は顔を上げた。沈鬱な顔だったが、深いまなざしでチョン・ジヌを眺める。善良に見えるそのまなざしには、さっきのような労働と酒だけのような単純な満足、楽しさだけではなかった。彼の本来の進取の精神が、夕焼けの光に照らされた目から感じられるようだった。再び酒におぼれることはないだろう。

「判事トンム、私は自分自身に腹が立ちました」

鳶工の声は重くまじめだった。

「私の飲み友達の中で、誰よりも判事トンムを尊敬しています。率直に言って私は判事トンムが研究をしている妻を支えているのを見て、ばかだなあと笑ったこともあります。私自身は、何ら創造的でない生活をしているのに。私は酒と妻の愛情の中で虚(むな)しく歳月を過ごしていたようです。うちの布団入れの一番上のほこりを被ったトランクの中には……若い頃私がちょっと研究していた頃に書いたものの束が詰まっています」

鳶工はぶっきらぼうに話を続けた。

「以前、うちの妻はそのトランクのほこりを毎日拭いていました。私に何か期待していたのでしょう。ふぅ、それはずっと前のことです。もうそんな月日を取り戻すこともできず……」

チョン・ジヌは、率直で素直な鳶工に心から勧めた。

「遅い時間に寝ても夜は同じように明けるという言葉があるでしょう。気を落とさないでください。時間が貴重なことを理解して努力すれば、成功できます。トンムは教育者で立派な妻が、精神的に助けてくれるじゃないですか」

二人は黙って歩いた。街路樹の道を下って右側に曲がると彼らのアパートが現れた。玄関の入り口のほうからセーターをふわりと着た女性があたふたと歩いて来た。鳶工の妻だ。彼女はうれしそうに迎えたが、鳶工は地面ばかり見て歩く。後悔と新しい生活に対する思いが、彼を煩悶(はんもん)に沈ませたようだった。

チョン・ジヌは邪魔にならないように先に歩いた。彼はアパートの玄関の階段をゆっくり上がった。三階の廊下に入ると前のように一種の寂しさと義務感が彼をとらえた。妻がいない侘しい家、奥の部屋の「温室」管理、夕飯の支度、手間を必要とするそれらの仕事が、またチョン・ジヌの休息を妨害するだろうし、担当している事件に対する深い思索と分析の持続的な時間を奪うだろう。

しかしチョン・ジヌは十日前、妻が連壽平に向かった日のように、浮かんで来る不満を打ち消した。睡眠を少し減らして裁判所の業務をしてはどうだろう。連壽平の野菜栽培の先駆的な道を進む妻を、その程度も助けてやれないとでもいうのか。結婚する時に交わした人生の高尚な目的を投げ捨ててしまう人間になってはいけない。自分自身の安逸と享楽のための結婚をしたわけではない。だから二十年前の三月に結婚をした頃の、雪に覆われたあの日々が、あれほどに美しくて忘れられない追憶を呼び起こすのではないか。

15

チョン・ジヌ判事は懐を探ってカギを取り出した。ところが意外にも家の中から耳慣れた足音が聞こえてくると、扉がさっと開いた。戸口には妻が前掛けで手を拭いながら、うれしさとぎこちなさの混ざった優しい表情で立っていた。いつもと同じように、無言で柔らかく意味深い目の挨拶だった。目の表情に理解が凝縮された、ごまかしの無い温かい出迎えだった。

妻の顔は十日前よりもすっかりやせて、細かい皺が増えたようだ。頬はそれでも北方の高原の冷たい風に引き締められ、若い女性のような紅潮が見えた。家に着いてすぐに急いだ台所仕事の火のせいなのか、十日間ではあってもまた夫を一人で家に過ごさせたすまなさのせいなのかはわからなかった。

チョン・ジヌは妻の飾り気のないそういう表情が心から気に入った。家庭生活の倦怠と単調さと、説明できない女性的な純朴さと柔らかさがその表情の中に含まれているのを、彼はあらためて感じた。

しばらくしてようやく、チョン・ジヌは妻の紅潮した表情の下に隠された、研究の困難と遠路の疲労を見いだした。

「これまで大変だったね」

温かい言葉をかけようとしたが、ぶっきらぼうといえるほど温かみが無かった。

「私はべつに……。でも昼にお弁当を持たないまま出勤なさったんですか？」

ウノクは彼の手にカバンが無いのを見て、心配そうに尋ねた。

「寝坊したものだから。昼ご飯は食堂で食べた」

「朝ご飯は？」

「残り物があった」

ウノクは申しわけなさそうに、何も言わず夫の靴を棚にしまった。

「ああ、これは家の中においしそうな匂いがする」

チョン・ジヌは上着を脱いで妻の手に渡し、とりわけ気遣いのこもった大きな声で言った。山菜とネギを炒める独特な香りと、さっぱりと整頓された室内が、確かに彼の心を満足させ楽しませた。

十日間の「独身生活」、裁判所での精神的疲労が一度にほどけ落ちるようだ。家庭に妻がいてくれる意義を切実に感じるこういう瞬間を、これまでの家庭生活でどれほど多く体験しただろう。しかし今日は、そのすべての過去とは比較にならない喜びと安定と平穏が、チョン・ジヌを包んだ。この家に家庭を築き、新婚生活を楽しんだ時のわけもなくうれしかったことや浮き立った気持ちが静まらない海のように蘇り、平穏な生活の中で動き始めるのを感じた。

ウノクは台所を行ったり来たりしておかずの皿を運び、夕食をととのえていた。妻の大きな手は、早春の日差しに焼けて荒れて見える。男の手のように分厚い。結婚した三月の雪の降る日の夜、華やかな新婦の服を着ていたあの日の妻の手は、白くて小さく柔らかかった。分量の多い髪の毛は黒く、月の光でも艶々としていた。その魅力的だった髪の毛は、黒さを失い白みを帯びた褐色になり、耳の下にはもう白い束が交じっていた。

「奥の部屋の『温室』が……きちんとなっているかな」

「本当に……ご苦労さまでした。管理日誌まですっかり書いてあって」

ウノクは夫ではなく、誰か他人が自分の仕事を丁寧に手伝ってくれたかのように遠慮しながら言った。夫婦間によくあることとしてではなく、本物の感謝と信頼がその言葉の中に凝縮されていた。

「連壽平(ヨンスドク)は寒かっただろうね？」

「雪が降りました。風が強く吹いて夜のうちに凍った土地が、日中になってようやく少しずつ解けるんです。例年に無い天候です」

「野菜の苗は凍らなかったのか？」

「大丈夫でした。みんなよく育っています。今年の白菜は脇芽がしっかりと出て来たから」

ウノクはまるで野菜ではなく、かわいい幼い息子がよく育っていて歯が生えてきたと喜んでいるようだった。彼女の目と口元に浮かんだ誇らしげで純真な微笑は、母性愛の微笑と同じだった。

チョン・ジヌは過ぎ去った頃、妻が幼い息子を懐に抱いて母乳を飲ませ、頭を撫でてやっている時も今と同じような表情だったと思うと、胸が締めつけられるように痛んだ。

チョン・ジヌは両手を擦り合わせながら、静かに言った。

「今年は白菜の葉が広くて球が大きくならないと。大根は虫食いにならないように……、トマトときゅうりは種まきを早めたから生育期間が長くなって収穫がきちんとできるだろうね？去年のように花が落ちてすぐに実が腐ってあきらめることにならないように……」

チョン・ジヌは妻を温かく慰労し元気づけたいと思ったが、研究に対する信頼と楽観、希望を与えたい自分の率直な気持ちをそんなふうにしか表現できなかった。

ウノクは空のお盆を持った手を垂らしたまま、夫を愛情ある信頼のこもった目で見つめた。ウノクの細かい皺が寄った目のふちに、寛大な微笑が浮かんだ。肉厚にならない白菜、虫食いの大根、実が早期に腐るトマトときゅうりは、生育期間だけではなく高山の内陸性気候と風土、種、遺伝、細胞組織などといった生物学的な諸般の要因に起因する複雑な問題であり、それを夫は素朴で単純な願いとして表現したのだ。だが歳月と共に、夫のその素朴な願いの中に自分に対する愛情、新婚期に胸をときめかせながら経験した無限の愛情がすり減っていないことを熱く感じることができた。研究に成果を上げることが、結婚の時の約束としてあり、歳月の流れの中で強い願いになっていったが、夫の忍耐と誠実さはひび割れておらず、家庭の幸福は、探求の困難さとは無関係に、完全に守られていた。夫だとて、どうしてこの不均衡な生活に不満が無かったであろうか。ウノクは、今日はなぜかこれまでの無数の出張から連寿平から戻ったどんな時よりもいっそう温かい夫の情を感じて精神的に力づけられた。十日間の連寿平の生活の苦労や、遠い山間の道で積もり重なった疲労が霧のようにどこかへ消えてしまった。

「おつゆが冷めます。早く座ってください」

「あなたも座って」

チョン・ジヌは食膳に近寄りながら言った。

「おかずが盛りだくさんだね。タラの芽、初物のワラビ……。こういうものをとってくる時間をどうやって見つけたんだね？」

「連寿平の人たちがくれたものです。紐でくくって束にして車にたくさん積んでくれたんです」

去年もおととしも、それ以前の年にも、この季節になると二人の間にこういう会話が行き交った。タラの芽を袋いっぱいに集め、ワラビを鎌(かま)で刈って、それらの山菜を車に積んでくれる場所、心温かい連寿平の人たちの情に胸が詰まる中、彼らは匙(さじ)を持った。

窓の外には春の日の夕暮れが羽を広げ始めた。

葉がついた街路樹の細い枝が、誰かを呼び出したがっているかのように窓をそっとゆすぶる。春の風は眠りにつきたくないようだ。大陸の、はるか遠くの山の尾根や谷間、野原を駆けぬけて来ていてもくたびれていないようだった。

いや、風はくたびれて家の中に入りたがっているのか。夜になり、ひんやりした春の寒さに身体が凍りつく前にようやく居所を探しあてたようだ。風に巣は無い。どこからか、誰からか、何かから追われたのか、裏切ったのか、自ら「巣」を捨てたのか。出自もわからず、永遠に不幸な身だ。広大な空間を泣きながらあても無くさまよい、林や名もない川べりで冷たい雨に打たれて震え、吹雪には凍りつく。歳月が流れ、積もり重なる疲労と苦痛にひねくれて、日の照る温かい静かな日にさえ、誰にでも容赦なく、時には荒っぽくあたる。おごりたかぶり、嫉妬(しっと)し、怒り、叫び、乱暴につかみかかる。そうしてつれあいを得られないままに生きる……。

友愛と愛情が花のように開く居心地の良い家の中を恋しがるかのように、枝で窓を叩いて請う。

夜が深まる。

ウノクは皿洗いを終えて、たまっていた洗濯物を清潔に洗いあげた。そして奥の部屋の温室にある苗種の植木鉢を一つ一つ観察し、手入れを終えるとかなり遅い時間になっていた。

チョン・ジヌは卓上灯の下で本と原稿用紙を広げていた。ペンを持って書いては参考書籍をめくり、深く考え込んではまた原稿用紙に熱心に書いていった。

ウノクは夫の背後に静かに近づいた。夫がペンを置いて、手でこめかみを押さえたまま考え込んでいるのを見て、夫のしっかりとした肩の上に思わず静かに手を置いた。

チョン・ジヌは妻の荒れた手に触れ、引き寄せて隣の椅子に座らせた。

ウノクは頬づえをついて黙って、夫の疲れた顔をじっくりと眺める。

「論文ですか？」

「そんなようなものです。『法学論文集』に出そうと思うんだが、うまく書かないとね」

チョン・ジヌは妻の心配りのこもった愛情が表れた涼しげな目もとをしばらく正面から見て、微笑を浮かべた。

ウノクは机の上から原稿をそっと手にとった。原稿の内容より、夫の探求的努力を大切に思う気持ちが、文章を眺めるウノクの目に生き生きと宿っていた。

「どう批評してくれますか？」

チョン・ジヌは、半ば冗談のように言った。

ウノクは愛情のこもった目で夫を軽くにらみ、頁をめくった。まじめな表情で原稿の最後の頁まで読んでから机の上に置いた。

「今度の日曜も原稿を書くんですか？」

「そうだな……」

チョン・ジヌは言葉を濁した。することが多いのだ。

ウノクは机の上の引き出しを開けると、映画の観覧券を二枚取り出した。ウノクは微笑を含んだまま、夫を眺めた。その目には、若い頃の甘えるような光がかすめた。

「日曜は少し休んだらどうでしょう。昼は遊園地でボートに乗って、公園と川岸の遊歩道を散歩しましょう。夕方には映画館に行って……」

「新婚夫婦みたいに計画が盛りだくさんだね。まったくあなたも私も、五十の峠を越えて……」

「年齢は関係ありませんでしょう。心さえ若ければ……」

「確かに若いね。私たちは若いまま生きるんだ。それでこそ生活にも仕事にも情熱を失わずにいられる。ありがとう。だが日曜には……無理そうだ」

「どうしてですか？」

「私はカンアン洞(ドン)の、ある家に行かないといけない」

チョン・ジヌは沈鬱(ちんうつ)な表情でうなずいた。

「離婚問題ですか？」

ウノクは何も言わなかった。つらそうにため息をついて手で白っぽい耳の下の髪をかき上げた。彼女はいつものように人の家庭の不幸に興味を示さなかった。夫の公的業務だからというだけでなく、離婚という否定的な混乱した包みを広げてしまうとつらくなって寝つけなくなってしまうことや、自分の心からの同情や憤慨が何の意味も成さないことを、当初から知っているのだ。むしろ夫の気持ちをいっそうつらくさせるだけだ。ウノクはそれ以上何も尋ねなかったが、離婚という二文字の影は、すでに彼女の表情を暗いものにし、部屋の雰囲気を沈ませた。

二人は黙って座っていた。

彼らは日常の素朴な喜び、日曜の楽しい計画を寂しくあきらめた。そして離婚という不幸が、自分たちの家庭のもっとも親しい人たちにもちあがったかのように、気にかけるのだった。

窓の外には風が枝を意地悪く揺らし、うめき声のような息遣いを響かせている。

チョン・ジヌはさっき書いていた原稿に視線を向け、低い声でうながした。

「遠くから戻って疲れているだろうから、先に寝なさい」

チョン・ジヌは妻の答えが無いので振り向いた。

「私に何か話すことがありますか？」

「あの……一人で家にいるのはつらいですか？」

「じゃあ、離婚でもしてくれますか？」

チョン・ジヌは明るく笑った。

ウノクは笑わなかった。

「おかしな心配をしないで早く寝なさい」

「朝夕のご飯を作って裁判所の仕事をして、奥の部屋の温室を管理して、論文を書いて……。大変でしょう」

チョン・ジヌは妻が何か真摯な回答を望んでいることを感じた。彼はペンを置いて、机に肘を置いた。

「あなたは今日、私の本心を知りたいんですね」

ウノクは視線を落とした。

チョン・ジヌは妻の荒れた手を両手で包んでやった。

「ちょっと大変ではあるし、それに時々不満でイライラすることもあったが生きがいのある生活だった。新婚時代の理想が、目指すものと目標が、一歩一歩達成されてゆくのが私はうれしいんだ。か弱いあなたがあの真摯な研究生活という長い長い探求の道で、髪に白髪が交じってもくじけないのを見るのが私には幸せなのです。率直に言ってこれまでにはこんな真摯で清らかな同志としての感情を抱けなかった。若かった頃はあなたが愛おしくて支えてきたし、その次はただ夫として妻を助けなければならないという義務感が先立っていた。そうすると、他人の平穏で正常な家庭生活が羨ましく、牧歌的で素朴な家庭の幸福を望んだ時もあったのです」

ウノクは胸が締めつけられて、荒れて湿った手で夫の背中をさすった。ウノクの目に涙が浮かんだ。

「いい話をしているのに泣くなんて。私よりもあなたのほうが大変でしょう。ひどくつらいだろう。手がひび割れているのを見なさい。手袋をしろというのに……。苗種を扱う時は仕方ないが、その他の仕事は手袋をしないと」

「そう……します」

ウノクは指で涙を押さえた。

「がっかりしないで。前から研究がどんなに進捗(しんちょく)したことか。大根、白菜は成功したも同然だし、きゅうりもかぼちゃもだいたいわかったし……、そうだよ、わかったんだ。来年にはたぶん連壽平の人たちが白菜と大根は新鮮なものを食べられるのではないかな？」

「たぶん、そうなりそうです」

ウノクの顔には明るい微笑が次第に広がった。

「今度はいつごろ連壽平に向かいますか？」

「あなたさえ許してくれれば、月曜に行こうと思います」

「月曜に？　それであなたは日曜の計画を立てようとしたんだね。行きなさい。この前のように『申しわけない』とか『お願い』だとか手紙に書かないで。まったく、これでも私は誰にも劣らない研究助手なんですから」

窓の外を吹く風は、卓上の電灯の明かりが漏れる居心地の良い雰囲気に、うなだれたように静かに去っていった。

16

　スニはホナムに夕飯を食べさせると、倒れこむように横になってしまった。時間が過ぎるほどに、自分に対する理由のわからない羞恥（しゅうち）と、苦い幻滅が彼女を包み込んだ。精神的に大きな衝撃を受け、身体が空虚と絶望に包まれたまま泡のようにくだけて、風の吹く広々とした野原に散ってゆくようだった。周囲はどこも暗闇の中のように真っ暗で、生命の炎は次第に淡くぼんやりとしていった。炎は風が吹くたびに危なっかしく舞っていたが、消えてしまった。赤い芯が寂しく燃え、暗闇の中に溶けて消えた。

　スニはぴくりと身を震わせてはっきりした意識を取り戻した。部屋の中は静かだが、ホナムは机の下できびがらで眼鏡を作っていた。スニは息子を抱きしめれば、苦しい気持ちが落ち着き慰められそうで優しく問いかけた。

「ホナム、寝ないの？」

「作り終わってから……」

「早くこっちにおいで」

「いやだ。父さんが来てから寝る」

スニは息子の強情を叱りたくなかった。彼女は細くため息をついて、目を閉じた。すると判事の柔らかいながらもこちらを見通すようなまなざしが思い返され、自分の本心を一つ一つ暴く手術のメスのような鋭い言葉が耳元に響いた。判事の鋭利な分析は、鏡のように彼女を映しだした。その鏡は胸の中の病巣を明らかにし診断するレントゲンのようなもので、透明な精神的鏡だった。その前では傷を隠すこともできず、自分の言い分ばかりを泣きながら訴えても、どうしようもなかった。いったい、音楽をどんなふうにやってきたのか。夫をどんなふうに見て生きてきたのか。

きびがらで作った眼鏡をかけたホナムがお尻歩きでスニのそばに寄って来た。

「母さん……眼鏡良いでしょ?」

「ずいぶん上手に作ったのね」

「今日の晩には、父さん、家に戻るだろう?」

「そうね……どうだろう。工場の仕事が忙しければ戻らないだろうけど」

これまでは父親のことについて聞いても相手にしてくれなかった母親が普通に答えると、ホナムは急に勇気が出たようだ。

「母さん、父さんのご飯も用意した?」

「うん」

「ほらやっぱり、父さんが帰ると思ってるんだろ」

スニはしゃくにさわる息子を抱きしめた。ホナムはおとなしく母親の懐に収まった。スニは息子の肩と背中を温かく撫(な)でさすった。彼女は幼い息子の胸の中に深く埋まった父親に対する切実な愛情を、切り離すことはできないことを知った。母親が父親に悪い態度で接するほどに息子と母親の情は離れ、母親が父親に良い態度で接するほどに息子も母親の愛情を受け入れてくれるようだ。幼い息子の天性の道徳的な純潔さと義理がたさは、スニの胸を締めつけた。寂しくもの悲しかった感情はどこか遠くに消え去り、しっとりとした温かさがスニの胸を覆った。外では暗闇が深くなり、風が吹いた。急に犬がわんわんと吠えると、すぐにうれしそうにクンクンと鳴いた。庭先から耳慣れた足音が聞こえてきた。

「父さんだ」

ホナムはさっと立ち上がり、家の扉を開けた。

「おお、お前、それでは父さんの額にけがをさせるよ」

ソクチュンは敷居に上ったホナムをぎゅっと抱いて部屋に入ってきた。夜の冷気と機械油の匂いが後を追って入って来た。

夫の声と身体から漂うその固有の工場の匂いは、これまでの一切の生活を、スニが恐れていた悲しみと共に一気に目の前に連れて来た。何の変化も起こらず、これまでと同じ生活がそのまま踏襲されるのだろうという強烈な認識をもたらした。するとわけのわからない鬱憤(うっぷん)がこみ上げた。スニは夫の顔を見もしないで、顔を伏せ、台所に入った。夕食の用意をしようとすると、部屋の中でことさらに平然と息子と言葉を交わす夫が、憎らしかった。それにおかまいなしに、部屋の中では子供を気遣う話題が続いていた。

「セピルのやつがどうしたって?」

「僕が幼稚園から出てくるといつも、塀の後ろに隠れているんだ。幼稚園のおやつをあげないと殴られる」

「幼稚園を卒業したやつが、そんなことをするなんて。そいつを叱ってやろう。でもお前もくれと言われたら少しやったらどうだ。分け合うこともしないと」

「いつもあげてたんだ。セピルはよくばりだから」

スニは準備のできた食膳を持って部屋に上がった。

「これは……おかずが盛りだくさんだな……」

ソクチュンは低い声で言ったが、妻のほうは見もしなかった。

スニは夫がぎこちなさを感じながらも、ことさらにおおらかな表情を作っているようで気にさわった。家庭の不和が無かったかのような態度をとろうとするのが、不自然に感じられた。むしろ以前のように荒っぽく強情を張って、表情も険しかったほうがいいのに、と思った。

今日に限って、特別におかずの数が多くなった。隣からももらったし、人民班長が食料品の商店で買ってくれたものだった。スニは豊かな食膳を用意したのが、まるで夫にまた愛情を注いで暮らそうと意志を曲げたように思われそうで、内心で反発を感じた。さっきはどうしてこんなことも気づかず、滑稽にもこんなに作ってしまったのだろうか。スニは自分でも移り変わりの激しい自分の感情の変化を、把握することができなかった。

「君……これを……ちょっと洗ってくれないか」

ソクチュンはスニのほうに丸めた背嚢を押しやった。

「判事同志の背嚢なんだ。返さないと」

ソクチュンは妻の疑わしそうな視線をちらりと見ると、しわがれた声で話を続けた。

「数日前に判事同志が鋳物用の砂をこの背嚢に入れて持って来たんだ。私が砂の質が悪くて悩んでいるのを見て、驚いたことにそこの前の川から掘って来たんだよ。水が氷のように冷たかっただろうに。重い砂の入った背嚢を背負って溶銑炉のそばに来た時、私は胸が詰まったよ。判事同志の服は濡れていて、ズボンの裾は泥だらけだった。顔は寒さで真っ青になっていて……」

スニはそうだったのかと、胸が震えるようだった。川べりで洗濯をしていた時、冷たい水にシャベルを使っていた判事が目の前に鮮やかに浮かんだ。家の修理のために砂を掘っていると思い、法官がみすぼらしいことをしていると笑っていたではないか。

「判事同志が……。掘って来た砂で鋳造したんですか？」

スニは沈んだ声で尋ねた。

「できなかった。その砂は鋳物に使えないんだ。資材課長が東海岸から積んできた砂を使ったんだ。だけど……私はその時判事同志にその川の砂は使えないとは言えなかったんだ」

ソクチュンは重くため息をついた。

今後、いつかは砂について真実を話すことができるだろうと考えた。自分の家庭問題に注いだ判事の厚い真心が無駄になったのではないと……。


日曜だった。

スニたちは城干郡(ソンガン)で移動公演を終えて、列車で帰るところだった。土曜に出発しようとしたが、そこの労働者たちの頼みでもう一日公演をした。

列車は道の中心部近くを走っていた。

スニは車両の窓机に肘(ひじ)をついて手のひらで頬を包んだまま、まるで絵のように座っていた。半分ほど開けた上の窓から、野原の香ばしい土の匂いと淡い緑陰のさわやかな香りがむせかえるほど入り込んできたが、彼女はぴくりともしなかった。荒れて口紅がぼろぼろになった唇は彫刻のようにずっと開かず、遠ざかる山々と谷と野原を焦点を失ったように眺めている目には、その青く温かく生き生きとした自然さえ寂しい冬の始まりのように映っていた。涼やかな風の流れだけが、彼女の額の上で髪の毛を規則的に動かした。風でほどけた髪の束は、額を涼しげに開いてみせたり覆ってみせたりしている。

「あんたまた、あのことを考えているんだね」

向かい側に座ったウンミが、責めるように言った。ウンミはいつも苦悩に打ち沈んでいるスニの様子に関心を向けた。先日、劇場のホールで言い争った次の日にも、遠慮なくスニに自分から話しかけてきた。善良で従順な、包容力のあるウンミが羨ましかった。どんな悲しみも苦しみも失望も、ウンミにあっては春の雪のように解けてしまい、生き生きとした新芽を芽吹きそうだった。

スニはウンミから顔を背けて、また悩み始めた。ふとホナムに会いたくなった。この数日、息子がご飯をちゃんと食べて幼稚園に通っただろうか、隣の家のセピルが叩いていないだろうか、心配だった。息子が恋しくなると、続けて夫が思い浮かんだ。葉と枝のように、切り離して考えることはできなかった。だが夫が恋しいとか会いたいという気持ちは無かった。それでも夫が数日間息子の世話をしてそうとう苦労しただろうと思う気持ちもあり、芸術をする自分のために、夫にも時につらいことがあるだろうという思いをなぜか打ち消すことができなかった。半自動旋削機の考案はどんな具合なのだろうか。考案を離れては生きていけない夫だから、息子に朝夕ご飯を食べさせるのも大変だったろう。スニは城干郡に発つ前日の夜、夫が家に帰ってホナムを抱いて何事もなかったようにいつものように過ごしていたことを考えると、心がひりひりと痛んだ。家の中の暗い雰囲気を好転させようと下手な努力をしていた彼を愚かに見て、穏やかに接してやれなかったことが後悔された。その夜、ホナムはどれほどすねていたか。食事の後、ホナムは父親と奥の部屋に入って長い間きびがらで牛と荷車を作り、父親の横で眠りについた。

スニは息子に会いたかった。恋しさは悲しみに移っていった。あの子は駅までは母を迎えに来られないだろう。巡回公演から戻るたびに、一度もそういうことは無かった。夫が出てこないのだから、あの子も出てくることはできないのだ。スニは静かに尋ねた。

「ウンミ……私、今回、歌をうまく歌えなかったでしょう？」

「出発してから一時間も経ってようやく話し始めたね。あんたは歌を暗い調子で歌っていた。旋律に込められた感情じゃなくて、あんたの影のある感情で歌っていた。それでもうまく歌っていたよ。観衆が二回も三回もアンコールを要求したじゃない」

スニは列車の窓に顔を向けた。出発する時、団員たちに温室で収穫したトマトを箱に詰めてくれた観衆……。スニに拍手をして花束を渡してくれた城干郡の工場の人々が、熱烈に抱きついてきた。顔には労働の喜びが溢れ、親しさが泉のように湧き上がった。

「スニ、準備しないと。駅にもう着くよ」

考え込んでいるスニを邪魔しないように静かにしていたウンミが言った。

列車はトンネルを抜けると速度を落とした。構内に進入し始めたのか、軌道を急に切り替えた車輪の振動の音が高くなった。団員や乗客たちは行ったり来たりしながら上着を着たり、荷物棚からカバンを降ろしたりし始めた。

スニは背もたれに身を任せて目を閉じた。彼女はいつもトンムたちがホームに迎えに来た夫や妻、家族たちとうれしそうに対面して改札に行ってしまってから、列車の乗降口から降りるのだった。そうすれば息子も夫も迎えに来ない自分の寂しい境遇、悲しみと苦しさを覆い隠すことができた。その胸の痛む瞬間が迫っていた。列車は、迎えに来た人々が立ち並んだホームにゆっくりと入ると、すぐに停止した。ウンミとトンムたちは座席の間の通路を押し流され、乗降口から降りて行った。ホームで呼び、探し、見つけるうれしそうな叫び声が、窓から流れ込む。日常を、どれほど愛情深く仲良く暮らしていたらあんなに喜べるのだろう。

「お客さん、起きてください、終着駅です」

乗務員がモップを持って通り過ぎながら軽く注意した。

スニは窓の外を見下ろした。人込みはまばらになり、改札口へと押し流されている。スニは乱れた髪の毛を適当に撫でつけ、カバンを持った。乗降口から降りる乗客は、彼女が最後だった。

プラットホームはがらんとしていた。ただ改札口に通じるホームの向こう側に二人の人が、六、七歳の子供の手を引いて立っていた。

スニは一瞬、身体をびくっと震わせた。ぴりっとした恐怖のようなうれしさが、電流のように全身を包んだ。プラットホームに立っている二人は、明らかに判事と夫だった。子供はホナムだった。

「母さん！」

母性愛が芽生えた頃から、スニの心臓にしっかりと入り込んだ息子の声だ。幼い息子はゴムボールが転がるように走って来た。

「ホナム！」

スニはカバンを落とし、なりふりかまわず息子に向かって突進した。ホナムは母親に身体を投げかけるように包み込まれた。その勢いで、スニは転びそうになってよろめいた。彼女は腰をかがめて息子を抱きとめた。それでも息子をすっかり包み込めず、膝をついて座った。ようやく息子の身体を胸いっぱいに抱きとめることができ、気持ちが落ち着いた。

ホナムがささやいた。

「母さん、あのおじさんがうちに来たんだ。母さんは戻っていないと言ったら、父さんと僕を見て、駅に母さんを迎えに行こうって」

「！」

「父さんはね、夜に勉強する大学に行くんだって」

「そうなの……」

スニは喉が詰まって熱いものを飲み込んだ。彼女は息子の手をとったまま、ゆっくりと身体を起こした。目に涙がたまり、判事と夫の姿が焦点を失ってぼんやりと見えた。

チョン・ジヌはそのままプラットホームに立っていて、ソクチュンだけが近づいて来た。彼は何も言わずに妻の旅行カバンを持った。

夫婦は久しぶりに視線を避けずに正面から視線を合わせた。ぶっきらぼうな顔と、悲しげな顔だ。恨みと理解、許しと希望が表れたまなざしが互いの心を優しく撫でていた。

ホナムは父親と母親の間に割りこんで、手をつないだ。父母の手を同時に握ることがとても恋しかった様子だ。

チョン・ジヌ判事は、三人が近づいて来るのを柔らかいまなざしで見た。

スニは指先で涙を慌てて拭った。

「公演で成果がありましたか？」

チョン・ジヌは挨拶を兼ねて、温かく尋ねた。

スニはただ、うつむいた。彼女の胸の中には、白髪交じりのこの法律家に対する尊敬と信頼の感情が波打った。心が温まり、目の前には人生に対する新しい希望のようなものが湧き上がった。

彼らは駅舎の前の小広場に出た。

チョン・ジヌ判事はホナムと手をつないで尋ねた。

「ホナム、うちに来ないか？」

「本当？」

「もちろん」

「おじさんちのお母さんは来たの？」

「もちろん来たよ。家でお前を連れて来るんじゃないかと待っているよ」

「行こう」

ホナムが叫んだ。

スニが目でたしなめたが、ホナムはチョン・ジヌのズボンの後ろに隠れた。

チョン・ジヌはにっこり笑って夫婦二人に言った。

「ソクチュントンム、スニトンムと一緒に先に行きなさい。私はホナムと散歩してきます。夕方、家に連れて行きますよ」

チョン・ジヌはソクチュン夫婦を久しぶりに二人だけで歩けるようにしてやりたかった。結婚してから十年になる日なのだから、どんなにいろいろなことを考えるだろう。初恋、新婚生活、追憶、教訓、希望。


チョン・ジヌ判事は、ホナムと手をつないで通りを歩いて行った。

五月の太陽は暖かく照り、街路樹の葉からは清々しい香りがする。まばらな木の影が石で舗装された道にちらちらと映る。

家々の窓は、日光と新鮮な空気に向かっていっぱいに開かれている。

幼稚園に向かう分かれ道には公園がある。混合林で趣を出した公園の中には、遅い春の花が咲いた花園があった。

青いペンキで塗られたつやつやしたベンチの横で、彼らは立ち止まった。

「ちょっと休んでいこうか?」

「うん」

チョン・ジヌとホナムは、ベンチに並んで座った。

花の甘い香りが鼻をくすぐる。

メタセコイアと銀杏の木の間の芝生の道を、新郎新婦の一組が人々に囲まれて歩いて来る。彼らは花園と木々と、遠景として見える通り沿いの高層アパートを背景に写真を撮ろうとしているようだった。

新郎新婦はチョン・ジヌたちが座っているベンチのほうに近づいて来る。新郎の顔は、胸元につけた花のように明るい。新婦はチョゴリの胸に同じような花を抱えていて、髪には深紅の宝石のような一本のバラが目を引く。新婦のチマの裾はさらさらと音を立て、地面につくかつかないかのチマの裾から小さな靴がしずしずと歩みを進める。新郎新婦はベンチから少し離れたところで仲良く身を寄せて立っている。新婦は新郎の肩に頭をそっともたせかける。

写真師は膝をついて座り、焦点を合わせる。

ホナムはなんだか楽しくなったのか、ベンチの上でお尻をぴょこぴょこ動かした。それから
チョン・ジヌに、自分の楽しくなった無邪気な気持ちをひと言で表して尋ねた。

「いいね」

「うん」

チョン・ジヌは思いにふけりながらうなずいた。

若い新しい家庭を成す幸福な日の一場面、人生の美しい絵画のような結婚。歳をとった人たちには思い出になり若い者たちには現実として、その次の世代には時間のように間違いなくやってくる特有の風俗、社会の贈り物だ。人類が数千年の間踏襲するものだが、この日の喜びは古びることはない。何をもってしても壊すことのできない人間社会の永遠な伝統だ。

「おじさん……」

ホナムは大人のように真剣な表情で言葉を継いだ。

「うちの母さんと父さんも結婚式をしたらいいのに」

幼い少年が、彼がこの世に生まれる前に、父母があの新郎新婦のようにもう結婚をしたということを話してやったら、どれほど残念がるだろう。それとなく子供の本音を探ってみる。

「お前、お祝いの菓子やおいしい料理を食べたいんだね」

「違うよ」

「じゃあ何だい？」

「結婚式をすればあんなに仲がいいじゃないか」

チョン・ジヌは目頭が熱くなった。そうだ、結婚式をすれば仲良くなって父母の明るい庇護(ひご)の下でお前もうれしく楽しく暮らせるだろう。でもどうすれば良いだろう。お前がそんなに羨ましがるああいう結婚式は、一生に一度だけなんだ……。そのことを理解できない子供に何を言えるだろう。

チョン・ジヌはホナムを見下ろし、心の中で慰めた。心配しなくていい。お前の父さんと母さんは、また結婚をするだろう。結婚式は無くとも、新しい家庭を営むだろう。心の結婚式をするだろう。

日曜を楽しむ人々の波が流れてゆく。

家庭を成し、家庭の中に暮らす人々だ。家庭を離れる人間はいない。家庭は人間の愛情が生きる、未来が育つ美しい世界だ。

訳者解説

『友』は、北朝鮮の作家白南龍（ペクナムリョン）（一九四九年〜）による『벗』（一九八八年、平壌（ピョンヤン））を訳出したものだ。北朝鮮北部の山間都市に勤務する判事が、一件の離婚相談をきっかけに、技術コンペティションの報奨金をめぐる不正に気付いていてこれを正し、同時にその不正で不利益を被っていた技術者一家の家庭不和の解決に、判事としての職分を越え、友人として奔走する物語である。

今回の邦訳は、日本の出版社が翻訳権を得たうえに解説も含めたアプルーバルまで経て刊行するという点で、北朝鮮の文学作品として非常に珍しい機会だと言える。これまでに日本で紹介された北朝鮮の文学者は、李箕永（リギヨン）（一八九五〜一九八四年）など植民地時代から活動していた人たちが中心だった。分断以後に北朝鮮で出生した作家については、朝鮮青年社などによるいくつかの翻訳にとどまっている。この機会にこの作品が対象となった理由は、この小説が韓国でも刊行された後、フランス、アメリカで翻訳されたことが大きいと担当編集者から聞いている。本作がアメリカで紹介されることの意義について、英訳者イマニュエル・キムは、これまで英訳されてきた北朝鮮の作品は反体制派や脱北者によるものだったが、『友』は「体制派の作家」（an author in good standing with the regime）によって書かれ、「国家承認を受けた作品」（a state-sanctioned novel）という点にある、と訳者あとがきで述べている。

白南龍は二〇〇五年には平壌で開催された韓国の文学者たちとの交流会に出席し、二〇一五年にはイマニュエル・キムが平壌で面会するなど、韓国のみならず欧米圏で紹介された希少な作家である。本作は、韓国でも一九九二年に出版され、二〇一一年にはフランスで翻訳された。翻訳者パトリック・マウルスは韓国現代文学の研究者であり、韓国の作家崔允の配偶者でもある。二〇二〇年にアメリカでも翻訳されると、「ライブラリー・ジャーナル」が毎年発表するBest Booksの翻訳文学部門のカテゴリー十冊に選ばれた。このリストには柳美里の『JR上野駅公園口』の英訳版も含まれている。

白南龍の経歴と、北朝鮮内部での白南龍に対する評価は、彼が二〇〇二年に発表した長編小説『継承者』に掲載された「編集後記」からうかがい知ることができる。

白南龍は一九四九年十月咸鏡南道咸興市に生まれた。首領様と党の懐の中で人民学校と中学校を出た彼は、軍需工業部門で十年間労働生活をした。

幼い頃から文学に対する熱望を抱いていた彼は、労働生活をしながら、文学修行を続け、短編小説「服務者たち」をはじめとする、数編の小説を発表した。

首領様と党は、彼の小さな才能の芽を貴重なものと考え、金日成総合大学語文学部の通信課程で勉強できるようにしてくださり、続いて作家養成班を経て、現役作家として活動するように配慮してくださった。

一九七七年から朝鮮文学創作社慈江道創作室で、小説家としての才能を開花させてきた彼は、敬愛する将軍様の大きな信任と配慮で、一九八七年九月、四・一五文学創作団に召喚され、首領形象文学を専門とすることになった。

ある山間都市の裁判所の生活を扱った中編小説『友』と、『60年後』『根は土の中に』そして短編小説「生命」「昔の情」など、彼が創作した数十編の小説は、その全てが社会的に意義ある問題提起と、深刻な人間の問題、生活と人間に対する鋭い分析、真実のこもった簡潔さ、平易さによって、読者の間で広く読まれている。

ここで言及されている四・一五文学創作団とは、一九六七年から設けられ、指導者一族の業績を綴る『不滅の歴史』『不滅の嚮導』『不滅の旅程』シリーズなどを刊行する責務を担う組織である。本作と共に白南龍の代表作としてあげられている『60年後』（一九八五年）は、食品加工工場を舞台とし、燃料の自給的確保のために、扱いの難しい地元産の低品位炭使用の信念を貫く工場長の物語である。韓国とフランスで白南龍が紹介される際には、『友』と共にこの『60年後』も同時に刊行されている。

北朝鮮で広く読まれている作家ということで、例えば『継承者』は、初版から一万五千部が印刷出版されたことが奥付に明記されている。作家同盟の推薦を受けた作品は、初版から多くの部数が印刷されるのが、北朝鮮の出版事情である。本作が北朝鮮で刊行された一九八〇年代から、多くの小説本の奥付に、一万部以上を印刷したことが記録されている。

本作で機械工場の内部の様子や、労働の様子が詳しく記述されているように、白南龍の作品の多くは工場労働の現場が舞台であり、彼自身が長く旋盤工として働いた経験が反映されている。労働現場と共に家庭問題を扱った本作は、白南龍の作品としては珍しい。二〇〇一年前後には白南龍の作品としては唯一、テレビドラマとしても放映された。家庭という、視聴者に身近な話題を扱っていることも、テレビドラマの原作となった理由であろう。

＊

本作では、二つの家庭を中心に物語が進行する。一つの家庭は、離婚相談に裁判所を訪れた芸術団の独唱歌手と機械工場の技能工、幼い子供で構成されている。もう一つの家庭は、離婚相談を受けつけた判事と農産物の品種改良従事者で、それぞれの職責を果たすため、結婚当初から遠く離れて暮らす夫婦である。その一人息子は幼少期には母親と、学齢期には父親と暮らし、成長して兵役に服している。

これらの登場人物には、作者の姿が少しずつ投影されていることが見てとれる。判事の妻は、極寒の高地である故郷の食料問題を解決するため、野菜の品種改良に心身を捧げている。進学に際しても故郷を離れず、都市部の大学の通信課程を受講して教育を受けた。北朝鮮の大学には通信課程があり、六年間かけて卒業する。一定期間の対面授業に参加することが卒業要件であり、本作の中でも大学を訪れ、対面授業に参加する場面がある。作者自身も一九七一年から七六年にかけて、工場で労働者として働きながら、金日成総合大学の通信課程で文学について学んだ。また、四・一五文学創作団に召喚されるまで暮らした故郷に対する強い愛着を、英訳者とのインタビューで述べている。本作に登場する野菜品種改良従事者の故郷愛には、彼自身の故郷に対する愛着が投影されていると言えるだろう。

この夫婦のように、職務のために家族が遠く離れて暮らす家庭は、模範的な事例として北朝鮮の文学によく登場する。映画やテレビドラマでも同様である。白南龍の短編小説「生命」も収録されている『一九八〇年代短篇選』（一九八〇年、平壌）に「大地」（一九八五年）という作品がある。国外赴任をためらっている主人公の前に指導者が姿を現し、家庭生活より職責の重要性を説諭する。主人公は病気の家族を残し、幼い息子一人と共に外交官として国外に赴任する。作者の玄承傑（ヒョンスンゴル）（一九三九～一九九〇年）は、朝鮮作家同盟中央委員会副委員長や四・一五文学創作団副団長を歴任し、党の理念を表す作家として活動した人物である。

本作の中でも、家族三人が職務のために遠く離れて暮らす生活に、判事が疲れを感じ、家庭生活より研究生活を優先する妻に不満を感じる場面がある。しかし離婚相談を受けたことをきっかけに、自らの家庭生活を省みることで妻への信頼を取り戻す。

物語の軸となるもう一つの家庭では、旋盤工の夫が、通常の業務と並行して、国のための技術開発に心身を捧げている。ここにも、作家になる以前の、作者自身の姿が投影されていると見られる。旋盤工の妻は、結婚前には小さな工場の労働者として働きながら、職場の行事で歌を歌っていた。技術協力に来た旋盤工と出会って結婚することにより、大きな工場に移り、そこでも職場の歌い手として人気を得た。やがて党から専門歌手として認められ、道（日本の都道府県に該当する行政区域）の芸術団に配属される。その自己実現の道のりは、工場労働者から作家として慈江道創作室に配置され、やがて平壌の四・一五文学創作団に召喚されていった、作者自身の来歴と重なっている。このように本作では、作者白南龍自身の姿が、複数の登場人物に分散的に投影されている。

*

本作は、一九八〇年代の北朝鮮の地方都市の様子を、工場や芸術団という労働の領域や、家庭という個人の領域からうかがい知ることができる作品でもある。

芸術団の独唱歌手が、洗濯のため川を訪れる場面がある。北朝鮮ではエネルギー事情から、一般家庭での電気製品の使用には制約が多い。さらに平壌市内を除いた多くの地域で水の確保に困難があり、そのため川で洗濯をする人々の姿が、国境の外側からも確認されている。時間と手間のかかる家事労働を誰が担うのかは、北朝鮮の家庭でも大きな問題である。道の芸術団に独唱歌手として抜擢された妻は、次第に帰宅時間が遅くなる。旋盤工の夫は、公演や練習で疲れて帰る妻をいたわるため、工場から退勤すると、幼い子供の世話や食事の支度に時間を費やしていた。その間、通常の業務以外に進めていた、技術開発が滞るようになる。ところが妻は、華やかな劇団生活を過ごすうちに、機械工場で目立った成果を上げられない夫に耐えられなくなり、離婚相談のため裁判所を訪れる。

北朝鮮では一九五六年から協議・調停離婚はほぼ不可能になり、人民裁判所の判決が必要になった。高額な費用がかかるうえに、認められる事由も、出身成分の隠ぺいや不貞行為、命にかかわる暴力などに限定されている。本作の中でも「社会の細胞である家庭の和睦は、国の公共性と関連する」という台詞が登場するように、北朝鮮では家庭は、社会すなわち国家の細胞と見なされる。その理念では家庭が流動的であれば、国家も流動化する。家庭の固定化は、国の体制維持のために必要とされる。判事は、学生時代に婚姻制度の歴史をテーマとした卒業論文を発表したことを回想する。その卒業論文では、エンゲルスの著作『家族・私有財産・国家の起源』から多くが引用されている。

作者の白南龍は、こうした問題を小説のテーマとしたことについて、英訳者とのインタビューにおいて、慈江道創作室と同じ建物に裁判所があり、そこで離婚裁判を多く目にしたことが理由だと述べている。そこに勤務していた判事が、本作の判事のモデルだという。作中の判事は、離婚相談一件を扱うにも、当事者の勤務する工場や芸術団に赴き、職場での様子を聞き取って回る。また芸術団の責任者が判事に呼び出され、団員に離婚問題が起きていることについて謝罪する場面もある。北朝鮮では家庭問題に、職場や地域の人民班による教育と指導が不可欠とされているからである。判事の奔走と、さまざまな方面からの介入によって、家庭の不和は解消される。

本作が北朝鮮で刊行された後、一九九〇年代に北朝鮮は「苦難の行軍」という歴史的な転換点を経験した。経済状況はもちろん、あらゆる制度、生活様式、文化に甚大な影響を与え、文学の様相もまた、大きく変わった。本作は、登場人物の私的な感情を、浪漫的な筆致で書き綴っていることが印象的である。その文体は、分断以前の朝鮮半島の大衆文学史の名残を残している。北朝鮮の文学にこのような作品があったということは、朝鮮半島全体の文学史に、いずれは記録されることになるだろう。

二〇二三年二月　和田とも美

装画
荻原美里

装幀
田中久子

［著 者］

ペク・ナムリョン（白南龍）

1949年咸鏡南道咸興（ハムギョンナムドハムン）市生まれ。工場労働者を経て金日成総合大学で文学について学ぶ。1987年から4.15文学創作団に召喚されて以降、『東海千里』（1996）、『復興』(2020）など最高指導者一族の業績を描いた実話長編小説を発表。『友』と同時期の作品として、北朝鮮の工場労働者の世代間の葛藤を主題とした『60年後』（1985）がある。『友』や『60年後』はフランスやアメリカで翻訳され、分断後出生した北朝鮮の作家では初めて単行本として刊行された。

［訳 者］

和田とも美

富山大学人文学部准教授。東京外国語大学外国語学部卒、同大学院博士前期課程修了。ソウル大学大学院博士課程留学。文部省アジア諸国等派遣留学生。ソウル大学博士学位取得。著書『李光洙長篇小説研究―植民地における民族の再生と文学』（御茶の水書房）、訳書『越えてくる者、迎えいれる者 ― 脱北作家・韓国作家共同小説集』（アジアプレス・インターナショナル 出版部）がある。

友

2023年4月2日　初版第1刷発行

著　ペク・ナムリョン
訳　和田とも美

発行者　斎藤 満
発行所　株式会社小学館
〒101-8001
東京都千代田区一ツ橋2-3-1
電話　編集03-3230-5563　販売03-5281-3555
印刷所　凸版印刷株式会社
製本所　牧製本印刷株式会社

DTP　昭和ブライト
編集　香藤裕紀（小学館）

ISBN978-4-09-356740-4